扬·马特尔作品

Yann Martel

扬·马特尔短篇小说集

赫尔辛基罗卡曼迪欧家族
背后的真相

[加拿大]
扬·马特尔 Yann Martel 著
郭国良 译

译林出版社

献给爱丽丝

目 录

作者题记

我十九岁那年，也就是我上大二的时候，我的学业悄然中止了。正当我的成人生活拉开帷幕之际——此时无限的自由在向我招手——该如何支配那份自由却开始让我心烦意乱。我一直都期望一个个学位——学士学位、硕士学位、博士学位——能成为我通向成功人生的奠基石。可是，那一年，我木然地凝视着康德的一段段文字，百思无解。我两门功课不及格，奠基石也随之轰然倒塌了。往后的前景令我头晕目眩。

青年时代的这一生存危机所带来的一大结果，乃是我初试牛刀，三天内就写出了一部独幕剧。它讲述一位年轻人爱上了一扇门。他的一位朋友了解真相后就把门给砸了，我们这位主人公随即就寻了短见。毫无疑问,这一剧本糟糕极了,相当不成熟,简直无可救药。然而,我觉得自己仿佛走路时无意中踢到了一把小提琴,把它捡了起来,开始拉弓调弦:或许琴音不堪入耳,而乐器本身却如此美妙瑰丽!营造背景,塑造人物,赋予人物对话,引导他们经历一个个场景,并以此展现我的人生观,这是多么引人入胜啊!我第一次找到了自己愿意为之倾注全力的营生。

于是我奋笔疾书。我又写了一个剧本——一部具有荒诞派戏剧色彩的模仿之作,简直糟糕透了——然后转向了散文作品。我写了几个短篇小说——它们全是蹩脚之作——之后写了一部长篇小说——同样蹩脚至极——然后又写了几个短篇小说——没有一篇称得上佳作。不妨再借用小提琴这一类比,我蹩脚的演奏简直把邻居们给逼疯了。然而,尽管如此,有什么东西仍然推着我前行。这倒不是我从中看到了未来;倘若认为我的涂鸦与书架上的书籍挂上了钩,这是荒谬绝伦的。我没觉得自己写作是在浪费光阴——写作是一项十分令人激动的事情——但我也并不认为我是在安身立命。说实在的,我当时没有任何想法;我只是像帕格尼尼(尽管没有他那样的才气)那样着魔似的埋头写作。

可是,渐渐地,通过大量的实践,我终于有了长进。我不时地奏出曼妙的乐音。我逐渐地意识到，故事的根本在于情感。假如一个故事不能在情感上站住脚，那么它就大大地失败了。到底是哪种情感并不是关键；无论是爱意、嫉妒或冷漠，只要它能令人信服地得以表达，那么故事就会显灵生辉。但是，假如故事不想被人淡忘，就必须激发人们的思想。理智根植于情感中，情感建构在理智中——换言之，**一个扣人心弦的好构思**——那才是我追求的崇高目标。当这样一种诉诸情感的意境向我袭来，当灵感的火花像一团篝火照亮我的心灵，我就文思泉涌，无以复加。

我处处可以获得灵感：书籍，报刊，影视，音乐，日常生活，遇到的人，记忆和经验，以及那神秘的创作氛围，借此各种思想神不知鬼不觉地钻入我的脑海。我放松心情，吸纳各种故事。我用眼睛和耳朵找寻它们。我朝外观望，而不是向内审视。我厌倦了内省。我兴致勃勃地调查研究，这成了我的学习之道，成了我的私人大学。没有任何事情比为捕捉故事而探究大千世界更令我欢欣酣畅。

与此同时，我与父母同住共居。抑或，更确切地说，我依靠父母生活。我不付房租，三餐也吃他们的。我打临时工——种树、洗碗、当保安——但绝不让这些杂活儿妨碍我动笔杆子。虽然我没有为了保全未来而笃行不倦，但这并没有使我忧心忡忡

(也没有让我父母担忧;谢天谢地:一切艺术家都需要赞助),因为,仅举一例,我已有一个长长的故事装在脑中——甚至可以称得上是一部中篇小说——它简称为《赫尔辛基》。它的灵感来自于一位身染艾滋病的朋友之死。虽然小说标题冗赘,观念拙劣,情节凝滞,但故事生机盎然,这种生机你可在初生婴儿身上、在典雅的小提琴独奏中找到,这种生机使一切显得神清气爽,充满希望,并值得为之付出艰辛。有了这样一种生机在我手中荡漾,我怎么可能为一张床铺而担忧,为晚年的一份退休金而愁悒呢?

我把一个个故事寄了出去。有一次,我把十六个不同的故事寄给了十六个不同的文学杂志,我收到了十六份退稿。还有一次,我把十九个故事寄给了十九个文学杂志,其中只有两个被接受了。命中率为百分之五点七。没关系。我依然会孜孜不倦地写作,直到另有所获,可是迄今还是一无所获——但我为此感到欣慰。

本集子中的四个短篇小说是我早期创作生涯中的精心之作。它们写得很棒,为我赢得了几多奖项。《赫尔辛基》被改编成了戏剧和电影,《死亡之道》也被改编成了电影,两次被搬上了舞台。本集子一九九三年首版于加拿大,随后在其他六个国家刊行。随着这些小说的面世,邻居们也不再砰砰地敲墙,而是过来向我喝彩:“好极啦!好极啦!”这是多么令人激动啊。当时——如今依然如此——我感激非凡。

十年以后的今天，我非常高兴地把这四个短篇小说再次奉献给广大读者。略作修订之后，我希望年轻气盛、夸大其词的现象能有所收敛，而文中偶尔出现的粗陋之处也能得以一一消除。毋庸置疑，我还有别的故事要讲述，但是，于我而言，这四个故事将永远承载全球首发所带来的欢愉和兴奋。

赫尔辛基罗卡曼迪欧家族背后的真相

纪念 J. G.

其实我认识保罗也才不久。我与他是一九八六年秋在多伦多东面罗伊顿的埃利斯大学结识的。那时我刚回校，我曾经休学，工作了一段时间，去印度旅行了一趟。那年我二十三岁，是我在大学的最后一年；而保罗则刚满十九岁，正在步入他第一年的大学生活。在埃利斯大学，每年新学年伊始，一些老生总要带着新生熟悉校园。这可不是搞恶作剧或动坏脑筋的时候，我们这些老生是要真正给他们提供帮助的。老生们被叫作“阿米哥”（amigos），新生们则被叫作“阿米吉”（amigees），这也可以看出在罗伊顿人们多么爱用西班牙语。那时我就是个阿米哥，在我的印象中，那些阿米吉是一群欢快、热切的年轻人——他们青春勃发。但是很快，我却喜欢上了保罗的那种悠闲懒散的性情，机敏的好奇心，以及他那疑心重重的秉性。我们两人一拍即合，不久便混在一起了。由于我较年长而且有更多的经历，我通常带着一种睿智的领袖才有的权威与他说话，而他也总会像一个年幼的信徒一样听着。不过有时他也会扬起一边的眉毛插几句话，将我的自负暴露无遗，让我颜面扫地。然后我们便融入一片笑声，结束这种角色扮演；我们的关系很明显，就是一对十足的好朋友。

可是，第二学期刚开始，保罗就病了。在圣诞节的时候他就已经发过一次烧，而且从那以后就一直干咳，久久不愈。起初，他——我们——都没有将此放在心上，觉得可能只是感冒，空气干燥之类的原因。

慢慢地，情况开始糟糕起来。现在我才想起当时没有好好思量的一些迹象：饭经常剩着，没有吃完。有一次他向我抱怨过腹泻。不同于懒散的缺乏活力。还有一天，我们爬上图书馆那仅有二十五级的台阶后便停了下来，就因为保罗已经上气不接下气，需要休息一下。而且他的体重好像也开始下降了，虽然那时他穿着厚厚的冬衣，不好说到底有没有瘦些，但是我可以很肯定地说，上半年他的身体要结实得多。等到我们都意识到出了什么问题时，我们才一起说起这些——你可以想象只是以很随意的方式——我会扮演医生，然后说：“我们来看看都有些什么症状……呼吸急促，咳嗽，体重下降，疲劳。保罗，看来你是患肺炎了。”当然我只是在开玩笑，我能知道什么啊，但是事实是他得的就是肺炎，学名叫卡氏肺囊虫肺炎，内行人都称 PCP。二月中旬保罗动身去了多伦多看他的家庭医生。

九个月后他便病逝了。

艾滋病。他在电话中告诉我，一副事不关己的口吻。那时他离开也将近两星期了。他说他刚从医院回来。我浑身一震。第一反应是考虑自己。他有在我面前割伤过吗？如果有的话，是怎么处理的？我用过他的杯子吗？吃过他的东西吗？我试着确定他的身体系统与我的身体系统间是否有过任何交集。然后我才考虑到他。我想到了同性发生关系与吸毒。但是保罗不是同性恋。虽然他没有直接和我那么说过，但据我对他的了解以及观察，他从没有过双重的性取向。同样，我也不能想象他是一个吸食海洛因的瘾君子。无论如何也不可能是因为那样的原因。三年前，他十六岁的时候，他和他的父母一起去了牙买加过圣诞节。

他们遇上了车祸。保罗的右腿骨折，而且失了些血。然后他在当地的医院接受了一次输血。六个事故目击者自愿捐血，其中有三个血型匹配。打过几个电话并做过一些调查后，得知了那三个捐血的人当中有一个两年前在接受肺炎治疗期间意外死亡。验尸证实，此人死于弓形虫大脑损伤。一种可疑的并发症。

那个周末我去保罗家看望他。他家在富裕的罗斯代尔镇上。我本不想去的，我想将整件事情彻底从我脑中抹去。我问——其实我想以此为借口——他父母是否介意这个时候有人拜访？可他坚持让我过去，我只好应邀去了。我开车到了多伦多，找到那儿。他父母对我到访的反应果然不出我所料。其实那个周末最受伤害的不是保罗，而是他的家人。

那天知道了保罗很可能是如何感染上那病毒后，他的父亲，杰克，一整天就没再出过一点声。第二天早晨，他父亲从地下室拿了工具箱，直接在居家服外套了一件过冬穿的皮制大衣，就出门走往车道，然后开始砸自家的车。就因为那次在牙买加出事时是他开的车，虽然那不是他的错，而且当时开的也是另一辆车，一辆租来的车。他拿着锤子，砸碎了所有的车灯和车窗，刮破了整个车身，扎破了所有的轮胎。他还用虹吸管吸出了油箱里的油，然后车里车外地将油倒上，最后一把火把车烧了。那时邻居叫来了消防员，他们匆忙赶到扑灭了火。警察也赶来了。当杰克喊出了他为什么要那么做时，赶来的警察都深表理解，随后就走了，而且也没有起诉他；他们只是问了他是否需要去医院，当然他拒绝了。于是，当我到达保罗那宽敞、位于街角的房子时，那就成了映入我眼帘的第一个场景：一辆覆满干泡沫的烧毁了的梅赛德斯汽车残骸。

杰克是一个辛勤工作的公司律师。当保罗把我介绍给他时，他咧了咧嘴冲我一笑，紧握了下我的手，说了声："很高兴见到你！"之后他就好像没话说了，而且有些脸红。那会儿保罗的母亲玛丽在卧室里。新学年开始时我曾见过她。当初，年纪轻轻的她有麦吉尔大学的人类学文学硕士学位，还是个排位很高的业余网球手，而且她还游历四方。现在她在一所人权机构做兼职。保罗以他妈妈为荣，两人关系也很好。她是个聪颖、精力充沛的女人。但是现在她却像胎儿一样蜷曲地躺在床上，眼睛睁着，目光呆滞，像只瘪了的气球，所有的朝气和活力全然消失了。保罗走到她的床边，对我说："这是我母亲。"她却丝毫没有反应，弄得我有点手足无措。保罗的姐姐，詹妮弗，是多伦多大学社会学系的研究生。她的伤心是所有人中最明显的。她两眼通红，脸还肿肿的——看起来糟糕极了。我不是为了说笑，但是真的，甚至连他家养的拉布拉多猎狗，乔治·H，都显得伤心透了。它将自己塞在起居室的沙发下，一动不动，一直发出呜呜的哀嚎。

诊断结果是在星期三早上送来的，自那时起（今天已经是星期五了）他们中没有一个人进过食，连乔治·H都不例外。保罗的父母没有再去工作，詹妮弗也没再去上学。要睡觉的时候，无论在哪里，他们就那么睡下。一天早晨我发现保罗的父亲睡在起居室的地板上，穿得严严实实的，裹着波斯地毯，一只手还摸索着沙发下的狗。除了打电话时突然发出的暴怒的交谈声，整个房子一片寂静。

保罗身处这一切之中，丝毫没有反应。在一场葬礼上，当他的家人都已沉浸在悲痛之中，完全被击垮时，他却还能像个葬礼的指挥一样，带着专业人员才有的镇定自若，收敛着情绪，处理一切。直到我住他家的第三天他才开始有所反应。但是死亡总是那么地无法让人理解。保罗知道有很糟糕的事情发生在了他身上，但他就是无法领会那是什么。死亡超越了他的理解范围。那是理论的、抽象的东西。他像说国外的新闻一样说自己的情形。他说“我快要死了”时和他说“孟加拉国有场渡船事故”时的语气一模一样。

我原先只打算待到周末结束的，因为还要上课，但是最后我待了十天。这些日子里我做了大量的家务活，既打扫卫生又做饭。他家里人也没注意到多少，不过这也没什么。保罗帮着我，而且他喜欢那样，因为这让他有事可做。我们叫人把车给拖走，我们换掉了被保罗的父亲砸坏了的电话，我们上上下下把房子清扫得一尘不染，我们给乔治·H洗了个澡（叫它乔治·H[1]是因为保罗很喜欢甲壳虫乐队，小时候他就喜欢一边遛狗一边念叨，“现在，甲壳虫保罗与甲壳虫乔治正在多伦多的街道上散步，完全隐姓埋名，不为人知。”他还会梦想着在希叶体育馆唱着《求救!》[2]会是什么感觉之类的事情）。我们还去买些吃的并督促全家人吃东西。我刚才说“我们”以及“保罗帮着我”——我的意思是我做这些事的时候他都坐在旁边的椅子上。虽然叫氨苯砜及甲氧苄啶的药物使保罗的肺炎得到了控制，但他的身体仍然很虚弱，还是会喘不过气来。他

1 乔治·H：乔治·哈里森（George Harrison），甲壳虫乐队吉他手。——译注

2《求救!》：*Help!*，甲壳虫乐队第二张专辑《求救》中的歌曲，甲壳虫乐队曾在希叶体育馆演出过。——译注

的动作像个上了年纪的人，慢吞吞的，留心着自己的每个举动。

他的家人过了好久才从这次打击中走出来。在保罗生病期间，我注意到他们得经历三种状态。在第一种状态下（常能在家里看到），因为痛苦的根源离他们如此的近，他们便会躲到一旁，各行其是：保罗的父亲会去砸些牢固的东西，比如桌子或电器；保罗的母亲会神情恍惚地躺在床上；詹妮弗在她的卧室里哭泣；乔治·H则窝在沙发底下哀嚎。在第二种状态下（常发生在医院），他们会一起围着保罗，谈天说地，呜咽啜泣，彼此鼓励，哈哈大笑，低声细语。最后，在第三种状态下，他们会表现出我认为你们会叫作是正常的行为，那是一种当作死亡不存在，一天天挨过日子的能力，带着一种镇静的、还有些麻木的充满勇气的表情——因为每天都需要这样——因而这样的表情显得英勇而又平常。一家人要在几个月里，有时甚至在一个小时里经历这三种状态。

我不想谈论艾滋病会对身体产生怎么样的伤害，就想象一个人因为生病变得很糟，然后越来越糟（你无法想象那种一步步退化，逐渐瓦解的过程）。在字典里查“肉体”

的意思——多么鲜活的词语啊——然后再查“分解”的意思。

但是那还不算最糟的。最糟的是它所带来的一种心理阻抗，那是一种“我不会死”的病毒。它能感染最多的人，因为它还能攻击活着的人——那些围在将死之人周围并深爱着他的人。我从一开始就受了感染。我还清楚记得那天的情形。保罗在医院里。他正在吃晚饭，他的整顿晚饭，一直吃到整个盘子都干净得锃锃发亮他才停下来，虽然他其实一点都不饿。我看着他用叉子将豌豆一颗颗地挑出来，特意慢慢咀嚼后才将其吞下。那能帮助我的身体对抗病魔。每一丁点儿都很有用——那就是他当时的心思。他满脸，全身，整个房间的四面墙上都写着这两句话。我真想大喊道：“忘掉他妈的豌豆吧，保罗。你是快要死的人了！死啊！”可是在我们的交谈中，像“死亡”“快要死了”这样的词以及类似的同义词、派生词一律禁止使用，这已默默达成共识。所以我只能坐在那儿，脸上毫无表情，满腔的怒火在心中积聚。每次见到保罗刮胡子我就受不了。他有的也就只是下巴上的一点点绒毛样的胡须而已，他本来就不是那种毛发浓密的人。但他还是每天都要刮。每天他都在脸上涂上厚厚的剃须膏，然后用一次性剃刀刮掉。那是刻在我记忆中的一幅画面：健康状况极不稳定的保罗穿着病号服站在镜子前，左边右边地转着头，这边那边地拨弄着脸上的皮肤，小心翼翼地做着些完全、完全没用的事。

那一学年的学业被我搞得一团糟。我缺席了各种讲座和学术研讨，我都不再会写论文了。实际上，我甚至都看不进书了；我可以几小时地盯着康德或海德格尔的同一段文字，努力尝试去理解那些内容，努力尝试着集中精神，但都无济于事。那段时间，我倒是对自己的国家萌生了厌恶的情绪。加拿大的空气中弥漫着乏味、安逸与隔绝的气息。加拿大人脖子以下埋在物质主义里，脖子以上则被美国的电视剧占据。我看不到理想主义与活力，有的只是死一般的平庸。加拿大对中美洲、对国内问题、对环境、对里根掌权的美国、对一切事务的政策都让我反胃。这个国家没有什么是我喜欢的，一点都没有。我迫不及待地想要逃离这一切。

有一天，在一场哲学研讨会上（哲学是我的专业），我正在陈述黑格尔的历史哲学。我的教授，一个睿智、体谅人的老师，叫我停下来解释他没理解的一个论点。我陷入了沉默之中。我看着我们坐着的那个安逸、放满书本的办公室。那一沉默的时刻我还清楚地记得，因为就是在那时，我的愤怒与厌世一齐冲破了我的迷惘，以无法控制的力量奔涌而出。我大叫着，起了身，将黑格尔的厚重的书从紧闭的窗户扔出去，然后冲出办公室，使尽全力将门狠狠地摔在身后，最后还猛地踢了一脚刻着精美花纹的门板。

我想退学，但我错过了最后期限。我提出了申诉，站在了一个委员会的面前（那是本科生立场与请愿委员会，简称为 CUSP）。我退学的理由是保罗，但是，当委员会主席油腔滑调、细声细气地催问我我所谓的“情感痛苦”到底指什么时，我看着他，却又不想把保罗的痛苦像剥橘子那样掰开，再切开，并呈给他。不过，这一次我没有大吵大闹，当众出丑，而只是说：“我改变主意了。我想收回我的请愿书。多谢你们劳烦。”然后转身走了出去。

就这样，那年我没有通过学业。当时我并不在乎，现在也不在乎。我就那么在罗伊顿闲晃，那真是一个闲晃的好地方。

但我真正想告诉你们的，也就是写此故事的目的，是赫尔辛基罗卡曼迪欧家族。那不是保罗他们一家；他姓阿特瑟。那也不是我们家。

你看，保罗已经在医院待了好几个月了。当他的病情稳定的时候，他就回家了，但记忆中的他大部分时间都待在医院。在他生病的日子里，检查和治疗过程成了他生活的重心。虽然并不情愿，但我也渐渐开始熟悉起像叠氮胸苷、α干扰素、氯丙咪嗪、硝基安定等药名。（当你跟真的病得很严重的人在一块儿时，你会发现科学是何等的虚幻。）我去探望保罗。平日，每星期我都会到多伦多去看他一两次，周末我也常常去，而且我每天都打电话给他。我在那儿的时候，如果他的身体还行，我们就会去散步，去看电影或是去看戏。但大多数时候，我们都只是坐在那儿，无所事事的。但当你面对着四面墙壁，不再想看电视，报纸也读完了，又厌倦了打牌、下棋、玩拼字游戏和棋盘游戏，而你又不能老是聊它以及它的进展，那你就没有其他方式打发时间了。不过这倒也好。因为无论我还是保罗，我们都不介意就只是坐在那儿，听听音乐，沉浸在各自的思绪里。

只是我开始觉得我们应该用这段时光来做点事情。我不是说要正襟危坐，对生命、死亡、上帝、宇宙及其意义作哲学沉思。其实，在第一学期，甚至就在我们知道他生病之前，我们就这样做了。这就是大学生活，不是吗？当你挑灯夜读到了第二天太阳升起，或者当你第一次刚读完笛卡尔、贝克莱或是 T.S. 艾略特的著作，你还能谈别的什么吗？再者，保罗已经十九岁了。十九岁时的你意味着什么？你是一张白纸。你充满了希望、梦想和未知。你有的是未来，少的是人生哲学。我的本意是，我们两个需要做一些有建设性的事情，一些可以将无变有、使无意义变得有意义的事情，一些可以超越空谈生死、上帝、宇宙及其意义而切切实实地成为这一切的事情。

我好好地思考了一番。我有足够的时间去想：这个春天我在罗伊顿找到了一份园丁的工作。我成天都在照料花圃，修剪灌木，整理草坪，忙得停不下手却闲得下心。

这个点子闪入我脑海的那天，我正在市政草坪前的一块地上推着我的汽油割草机，双耳塞着工业用的消音罩。两个词让我停下了脚步，顿时呆在了原地：薄伽丘和《十日谈》。以前在印度时，我曾读过这本意大利经典名著，那是一个破旧的本子。多么简单的想法啊：佛罗伦萨外的一幢与世隔绝的城郊小屋；世界因一场黑死病走向灭亡；十个人聚在一起渴望幸存于世；相互讲述故事来消磨时间。

太妙了。想象那具有改变能力的魔力。薄伽丘在十四世纪那么做了，我们要在二十世纪步他后尘：我们可以相互讲故事嘛。但是，这回患病的是我们，而不是这个世界，而且我们也不会逃离它。相反地，通过我们的故事，我们将会铭记它，重新创造它，拥抱它。是的，作为故事讲述者，我们要合力来拥抱这个世界——对啦，那就是我和保罗将要打发空虚的方式。

这主意我越想就越喜欢。我和保罗将会讲述某个家庭的故事，一个大家庭的故事，这样就可以有形形色色而又相关联的故事，既有连贯性又有延续性。这一家人得是加拿大人，背景则设在当代，这样就容易作历史和文化参照。我得是个坚定的向导，不致使故事仅仅成为一部自传。而且我还必须有充分的准备，当保罗身体实在不行，或心情非常沮丧的时候，我可以一个人继续这个故事。我还得说服他，让他知道别无选择，这回讲故事可不是一场游戏，也不是看电影或谈论政治，不可同日而语啊。他得明白，除了这个故事，其他一切都毫无意义，甚至连他那迫切想要活着的想法也毫无意义，那除了让他更害怕没有任何好处。只有想象的才真正有用。

但是想象不是空穴来风。如果要使我们的故事有力度，有广度又有深度，如果要避免过分贴近现实和不切实际的幻想，它就需要一个构架，一条引线，一段我们这些盲人能用白白的拐杖来敲击的路牙。我绞尽脑汁想要寻找到这么一个构架。我们需要的是一些坚固而又无束缚的东西，能限制我们同时又能激励我们的东西。

拔杂草的时候我突然想到了这个构架：我们可以用二十世纪这一段历史。不是说故事将会于一九〇一年开始一直进展到一九八六年——这还算不上什么蓝图——而是将二十世纪作为我们的模子；我们可以从每一年中选一起事件，以此作为一条隐喻性的引线。故事将会有八十六个片段，每一个片段都与这个还在不停演变的世纪中的某一年大事相呼应。

终于想出了如何与保罗度过这一段时光，这闪电般地激发了我。我奇思奔涌。没有什么比乘车从罗伊顿到多伦多——想象一下那来回乘车本是件无聊却因为上下班不得不做的烦事——与保罗一起编故事更让我觉得有意义了。

我细细地向他解释。那会儿我在医院，他正接受化验。

“我不明白，”他说，“‘隐喻性的引线’是什么意思？这故事又发生在何时？”

“就现在。这一家庭现在就存在。我们所选的历史事件会是个对照，引导我们编写这个家庭的故事。就像乔伊斯在写《尤利西斯》的时候，荷马的《奥德赛》是它的对照一样。”

“但我从没读过《尤利西斯》。”

“这没关系。重要的是这部小说发生在都柏林，一九〇四年的某一天，但它是以一部古希腊的史诗命名。乔伊斯以尤利西斯在特洛伊战争之后流浪的十年作为他那都柏林的故事的对照。他的故事就是《奥德赛》的隐喻性的转化。”

“既然我从未看过这本书，那为什么我们不来朗读一下呢?”

“因为我们不想做看客，保罗!”

“哦。”

“首先呢，我们得决定这一家子住哪儿。”

他茫然地看着我，带着一丝怀疑，又有些许疲倦。但我据理力争。我甚至都有点恼火了。我虽没说脏话，但它们分明弥漫在空中，呼之欲出了。他脸色一变，开始哭了起来。我立刻向他道歉。好，我们就大声来读《尤利西斯》吧，多好的主意啊。然后——为什么不呢?——再来读《战争与和平》。

当我已经走出了他的病房，正要进电梯时，走廊里爆发出长长的一声呼喊。

“赫尔辛基基基基基基基基!”

我笑了。你看，我和保罗是同一类人。我们都年轻，年轻让我们变得激进。我们并不墨守成规。假如我们有了想法，完全可以立即行动。好，故事就发生在芬兰的首都赫尔辛基吧。真是个好选择。一个遥远的城市，一个我们从未去过的地方，比起近在眼前的城市，这更有利于我们发挥想象。我回到了保罗的房间。他的脸因为刚才那么一喊，还通红通红的。

我问了他这个家该姓什么。他噘着嘴，眯起眼，想了一会儿。然后他出声了："罗卡曼迪欧。"什么？"罗卡曼迪欧——罗—卡—曼—迪—欧。"我不是很喜欢这个名字。不是很真实。听起来有点北欧人的味道会更好，不是吗？但是保罗还是坚持己见：罗卡曼迪欧——罗—卡—曼—迪—欧，他重复着拼了一遍——是个有意大利血统的芬兰家庭。那就这个名字吧。现在，赫尔辛基的罗卡曼迪欧家有了住处，也有了教名。他们的故事正等待着被讲述。我们定下了几条规则：由我来决定哪些杜撰的成分是可以被接受的；明显的自传素材是禁止的。这故事就发生在现在，二十世纪八十年代中叶。每个片段都要在我们一次碰面期间讲完，而且还需一以贯之，与二十世纪的连续的某一年发生的大事有关。我们会相互交替着来讲述这个故事；我讲奇年，他讲偶年。我们讨论了我们所知道的赫尔辛基，达成了以下共识：第一，它拥有一百万人口；第二，它是芬兰的首都，每一个方面都是，包括政治的，商业的，工业的，文化的；第三，它是一个重要的港口城市；第四，它有一个人数很少却很难统治的说瑞典语的少数民族；第五，俄罗斯一直对这个国家有着重要的影响。最后，我们约定罗卡曼迪欧一家将会是我们两人之间的秘密。

我们决定在经过一段时间的思考和研究之后，由我开始第一个片断。我给保罗带去了一支钢笔，一些纸和一部三卷本的《二十世纪史》。他的父亲在他的床边安了一个有轮子的小型书架，上面摆满了全部三十二卷第十五版的《不列颠百科全书》。

现在，请你明白，你将不会听到赫尔辛基的罗卡曼迪欧一家的故事。某些隐私是不能公开的。只要知道他们存在着，这就够了。讲述罗卡曼迪欧的故事是件困难的事，随着时间的流逝，就越发困难了。我们勇敢而又坚定地开始了我们的故事，我们不断争论，不停地打断彼此，我们的机智与创意让自己都感到讶异，其间笑声不断。但当你身体不在最佳状态之时，要重新创造一个世界是如此的累人。不是说保罗不愿——他还是会皱眉或插上一句话来反对或纠正我——他更多的是不能。甚至连倾听都让他感到劳累。

赫尔辛基的罗卡曼迪欧一家的故事常常是低声讲述的。而听的人可不是你。保罗这些患艾滋病的日子，我所保留下来的——在我头脑以外的——就只有这些记录了：

赫尔辛基罗卡曼迪欧家族背后的真相

一九〇一年——在长达六十四年的统治之后，维多利亚女王与世长辞。她的统治见证了一个经历着惊人的工业扩张和渐增的物质繁荣的时代。维多利亚时代以其炫目梦幻般的方式，成为了最幸福的时代——一个稳定、有序、富裕、启蒙和充满希望的时代。科技日新月异，硕果累累，乌托邦似乎唾手可得。

我以这个家族的长老，桑德罗·罗卡曼迪欧生命的结束，开始了我的故事。这极具戏剧色彩，也让我有了机会介绍这个家族的成员，因为他们都如数出席了葬礼。

一九〇二年——在克利福德·西夫顿——威尔弗里德·劳雷尔总理的内阁部长——的强势领导之下，加拿大西部的殖民开拓进行得如火如荼。西夫顿向外发送了被译成十几种语言的数百万份小册子，在北欧和中欧地区安置了大批的代理人。那些刚刚把加拿大的小麦倾销在欧洲大陆的船只又满载而归。在不到十年的时间里，居住在加拿大西部这片土地上的人口激增了一百万，小麦产量也翻了四番。劳雷尔向这个欣欣向荣的国家宣布："二十世纪属于加拿大。"

一九〇三年——奥维尔·赖特和威尔伯·赖特两兄弟在北卡罗来纳州基尔德维尔山试飞。他们的动力机——飞行者 I 号，现俗称为雏鹰号（Kitty Hawk）——首航时在空中逗留了十二秒，在第四次和最后一次飞行时则逗留了五十九秒。

一九〇四年——在德雷富斯事件的直接影响下，法国总理埃米尔·孔布出台了一个促使政教完全分离的法案。此法案保证信仰的完全自由，剥夺了政府在任命牧师以及支付他们薪金方面的任何权力，并且切断了政教之间的其他一切联系。

我们讲述故事已经有了固定的流程。那几乎成了一种仪式。开始的时候，而且每次都是开始的时候，我们俩碰了面先握手，就像欧洲人一样。看得出来，保罗很喜欢这一套。有需要的话，接着就先让保罗做些健康检查和治疗。然后我们开始闲聊。由于我们都是忠实的读报一族，所以我们通常谈论政治。最后，在休息片刻、整理整理思路后，我们开始罗卡曼迪欧家的故事。

一九〇五年——德国的月刊《物理年鉴》发表了二十六岁的德裔犹太人阿尔伯特·爱因斯坦的论文。当时，他是在瑞士伯尔尼的一家专利局做小文员。独树一帜的相对论就此诞生。能量无处不在。正如爱因斯坦的质能方程式：$E=mc^2$。

一九〇六年——汤米·伯恩斯击败了马文·哈特，从而成为第一个（也是唯一一个）赢得世界重量级拳击冠军的加拿大人。伯恩斯三年里十一次保住了他的冠军头衔，在一分二十八秒内击败了爱尔兰冠军杰姆·罗奇，尤为受世人瞩目，那是重量级拳击赛冠军争夺战中耗时最短的比赛。

保罗几近康复。只是他还被小病折磨着——一会儿夜里冒冷汗，一会儿又腹泻不止——还缺乏精力，但这些问题都好处理。现在他住在家，而此前从小到大他从没病过，生病于他反而有一种奇特的吸引力。他已经开始了服用叠氮胸苷（英文简称 AZT）和多种维生素的治疗，每星期他都会去一次医院，有时在那过夜。他喜欢医院。穿着白衣、无所不能的男男女女，他们的医用术语，没完没了的化验，医院的一尘不染——这一切使他筋疲力尽，但同时也使他倍感安心。他的心情很好。

我们制订计划。我们谈论旅游。我已游览过一些地方，保罗则少些，他大都是和他家人一起去的。我们都认为旅游对人的成长举足轻重，是一种生活状态，是心灵旅行的象征。我们几乎不谈欧洲，因为我们看不上这条老路。我们是探险者，不是观光者，在游历了冰岛、葡萄牙、保加利亚和波兰之后，我们的圣星又将我们引往其他国土，引往土耳其和也门，引往墨西哥、秘鲁和玻利维亚，引往南非和菲律宾，引往印度和尼泊尔。

一九〇七年——一种新型的小麦马克威斯(Marquis)，被送往萨斯喀彻温省的印第安总部作测试。这是一项彻底的科学优选的结果，其成果归功于渥太华试验农场的谷类学家查尔斯·爱德华·桑德斯。这种新型小麦对萨斯喀彻温省环境反应惊人。它能够抵御强风和疾病，它高产且能制造出优质面粉。最重要的是，它成熟早，能避免霜冻，从而使得在阿尔伯塔省和萨斯喀彻温省这一带的小麦生长地域大大扩延。到一九二〇年，马克威斯将占据加拿大西部春麦的百分之九十的产量，从而使得加拿大成为世界上最大的谷物生产基地之一。

只要没为我的工作烦心，没想着吃的、交通之类的事儿，我就会想念罗卡曼迪欧一家。我的注意力会自然而然地集中到那儿去。我得找到历史事件。然后我得想出情节和对应方式，如何使我的故事无论是以明显的还是微妙的方式，与历史事件在某处象征性的情节（开头或是结尾?）或通篇相呼应。这些想法缠绕着我，挑战着我，使我继续前行。我几乎留意不到自己的日常生活了。

一九〇八年——作家、博物学家、艺术家欧内斯特·汤普森·西顿成立了加拿大童子军。就像两年后成立的女童子军一样，成立此组织旨在培养良好的市民素质、得体的礼仪举止、热爱自然的心地和进行各种户外活动的技能。童子军们要谨遵道德准则，并且要日行一善。他们野营，游泳，航行，徒步。他们从事社区服务项目。他们的座右铭是“时刻准备着”，而且他们用左手握手。

我并没有多么雄心勃勃地来构想罗卡曼迪欧一家。婚姻、离家出走的女儿、苦涩但又给人自由的离婚、小孩的出生、事业上的功成名就、风流韵事、担任社区的领导——他们是一个生机勃勃的家族。保罗和我激情澎湃地讲述着他们的故事。我是指我们两人交换着年份来讲故事，但到目前为止这更像是个合作性的创作。

但也有风云变幻的时候。一九〇九年归我。我在我编的故事中看到了反复试错，可保罗看到的却是反复欺骗。这是我们第一次争辩。而我也被他一九一〇年的故事所扰。

一九〇九年——指挥官罗伯特·E. 皮尔里开始了他

的第三次北极探险，并宣称他成功到达了北极。虽然这一消息被普遍接受，但还是广受质疑，因为他做的调查不足，而且提交的旅行日程安排也很难令人信服。

一九一〇年——日本因其日益增长的军事野心及其扩张权势的决心，吞并了朝鲜半岛，并开始剥削当地人民，肆意掠夺当地资源，只为图谋自己的利益。人们被剥夺了言论自由和集会自由的权利，甚至连上学都无权讲母语。

我将罗卡曼迪欧家族卷入到了骚动的赫尔辛基市的政治之中！

一九一一年——加拿大举行联邦选举。竞选的主要议题是降低美加之间关税的互惠协议。自由党总理威尔弗里德·劳雷尔赞成互惠政策。反对党保守党罗伯特·博登则持反对意见。加拿大东部地区的制造商疾呼，这样的经济协议将会是政治接管的第一步。一些有影响力的美国人所作的申言——如众议院议长钱普·克拉克就说：“我希望我能看到有一天，美国国旗在北美英属殖民地的每寸土地上空飘扬，直到北极。”——似乎正证实了那些忧惧。劳雷尔和他的自由党不得人心，彻底失败，而博登当上了总理。

保罗的情绪开始起了变化。我想他是渐渐开始意识到自己所面对的到底是什么了。起初，药丸和注射还是令他高兴的事。健康会因此而来，这是它们所暗示给他的。你将战胜疾病。但是健康就是不来，对此他有点生气。他还是虔诚地吃药，但现在药开始变得苦苦的，不再是甜的了。一九一二年，英国通过了《最低工资法》；罗尔阿德·阿蒙森到达南极；德国考古学家在埃及发现了奈菲尔提蒂王后美丽的半身像；埃德加·赖斯·伯勒斯出版了他的第一本人猿泰山系列小说；马塞尔·杜尚的《下楼梯的裸女 II》问世。但这一切都与保罗无关。他的有关一起行凶抢劫的故事平凡，简单，还有点残忍。

一九一二年——在巴黎郊区的舒瓦西勒鲁瓦长达五小时的围攻战之后，无政府主义者朱尔斯·约瑟夫·博诺被杀。朱尔斯·约瑟夫·博诺和他的团伙——就是大家熟知的博诺组织——长期以来使法国社会惊恐不安，他们自鸣得意，冷酷无情，赤裸裸地犯下抢劫银行、入室抢劫和偷车等罪行，其间枪击出纳员、保安、路人、警察、居民以及司机数人。在对他最后一次顽固抵抗的袭击中，只为了对付他一人，当局就出动了三个炮兵团、五个警察队，配以枪支、重机枪和炸药。发现博诺的时候，他还活着，身上包着毯子。他终于被干掉了。在围困过程中，有三万多人驻足观看。

恒久的乐观有一个重要的同盟军：理性。任何不理性的乐观，肯定要被现实粉碎，最终导致更多的凄苦。因此，乐观总是要由温和而又能起净化作用的理性之光来点燃，并坚定不移地植根于清醒的头脑中，这样，悲观就成了一种愚蠢而目光短浅的心态。这其中的意味——理性是一种温和的、不明显的东西——即是：乐观只能从一些不可否认的小成就中萌生。一九一三年，我倾尽全力。

一九一三年——拉链申请了专利。

保罗住院了。他的卡氏肺囊虫肺炎又复发了。他又开始服用氨苯砜和甲氧苄啶，但是这次用药却带来了副作用：高烧以及遍布颈项和前胸的疹子。他变得极其瘦了；吃不进什么东西，还腹泻不止。他的鼻子插上了管子。他讲的故事里，马克·罗卡曼迪欧跟他兄弟奥兰多大吵了一架。

一九一四年——在萨拉热窝，为了一个南斯拉夫民族主义的梦想，十九岁的加夫里洛·普林齐普扳动了他的左轮手枪。第一次世界大战爆发。

奥地利对塞尔维亚宣战。

德国对俄国宣战。

德国对法国宣战。

德国对比利时宣战。

英国（同时还有加拿大、印度、澳大利亚、新西兰、南非和纽芬兰）对德国宣战。

黑山对奥地利宣战。

奥地利对俄国宣战。

塞尔维亚对德国宣战。

黑山对德国宣战。

法国对奥地利宣战。

英国对奥地利宣战。

日本对德国宣战。

日本对奥地利宣战。

奥地利对比利时宣战。

俄国对土耳其宣战。

塞尔维亚对土耳其宣战。

英国对土耳其宣战。

法国对土耳其宣战。

埃及对土耳其宣战。

我对保罗说，巴拿马运河开通也是在一九一四年，用这个不就能写个更惬意的故事吗？

“你的历史带有偏见。”他答道。

“你的不也一样。”我反驳道。

“但是我的是正确的偏见。”

“你怎么知道？”

“因为它关乎未来。”

我无法理解。我也读到不少艾滋病患者活了好几年的例子。而保罗却一周比一周瘦弱。是的，他在接受治疗，但除了他的肺炎外，这些治疗并没起什么作用。而且他好像也没有什么特别的病，这一切都只是浪费而已。我就此问了一位医生，几乎可以说是在抱怨。他站在走廊上。他静静地听着我的申述——他是一个满脸胡子的大个子，他的眼睛红红的——然后他什么都没说，最后才用低沉的声音一字一顿地说道："我们——在尽——我们——最大的——努力。"

又轮到我了。我必须谨慎。我不想提起战争，我想要把选举权扩延到丹麦妇女。但是，一个关乎妥协的故事无法取悦保罗。我也考虑了卡夫卡出版《变形记》的事。而这又太黑暗了。我既不能向保罗让步，又不能对他置之不理。我必须在完全的抽象和严酷的现实之间游弋。我不知道如何是好。我采取了模糊战术。

一九一五年——德国气象学家、地球物理学家阿尔弗雷德·魏格纳出版了《海陆的起源》。在这本书中，他给出了饱受争议的大陆漂移学说的经典解释。魏格纳假设，母大陆（他命名为盘古大陆）在二亿五千年前分裂，然后各部分以每年大约一英寸的速度漂移远离，形成了今天的各大洲。

"一年一英寸?"保罗笑道。他也喜欢我的故事。但他已一发不可收。

一九一六年——德国向葡萄牙宣战。

奥地利向葡萄牙宣战。

罗马尼亚向奥地利宣战。

意大利向德国宣战。

德国向罗马尼亚宣战。

土耳其向罗马尼亚宣战。

保加利亚向罗马尼亚宣战。

更多的化验。保罗感染了巨细胞病毒，这也许就是他腹泻和身体虚弱的原因。这是一种极具扩散性的病毒，影响力可波及他的眼睛、肺、肝、胃肠道、脊髓甚至大脑。医生拿此毫无办法。根本就没有什么有效的治疗方法。保罗情绪低落，寡言少语。我做出了让步。

一九一七年——美国对德国宣战。

巴拿马对德国宣战。

古巴对德国宣战。

希腊对奥地利、保加利亚、德国及土耳其宣战。

暹罗对德国和奥地利宣战。

利比里亚对德国宣战。

中国对德国和奥地利宣战。

巴西对德国宣战。

美国对奥地利宣战。

巴拿马对奥地利宣战。

古巴对奥地利宣战。

一九一八年的故事，保罗还想用上国家间进一步的宣战——他跟我说，海地和洪都拉斯对德国宣战。但第一次，我用上了我的否决权，我说这些是小说所无法接受的。我也不同意用奥斯瓦尔德·斯宾格勒出版《西方的没落》这一事件。在此书中，斯宾格勒指出，文明就像自然有机体，生命循环意味着出生、繁荣、衰亡。西方文明已经到了最后的、无法避免的衰亡阶段。要适可而止，我跟保罗说。还是有希望的。阳光依旧灿烂。保罗有些生气，但他累了，也就顺从了。我猜他预料到了我会反对，因为这回他用上了一个奇特的事件，讲述了一个准备充分的故事。这让我感到惊讶。

一九一八年——在全面地研究了恒星体系，一个浩瀚无边、密集地分布着恒星的系统后，哈洛·沙普利断论：银河系的中心在人马星座方向，我们的太阳系在银河系内距离这个中心的三分之二处，大约三万光年之远。

我说：“这多么雄伟啊。”
他答道：“我们多么孤独啊。”
他那关于奥兰多，关于酗酒的故事简直太丑陋了。

一九一九年——瓦尔特·格罗皮乌斯成为包豪斯学院——德国魏玛地区一所艺术、设计、建筑学院——的院长。在他的领导下，包豪斯学院的老师与过去决裂。他们强调几何的形式、平滑的表面、规则的框架、原始的颜色和现代的材料。同样重要的是，他们转而采用大规模生产的技术，让每个人都买得起他们那既实用又美观的东西。日常生活用品从来没有让那么多人觉得如此美好过。

“这叠氮胸苷药让我觉得好累。”保罗说。他因此药而患

上了贫血症，还得经常接受输血。

一九二〇年，我禁止了弗洛伊德出版《超越快乐原则》这一事件的引用。在这本书里，弗洛伊德断定存在一种潜在的、具有破坏性的动力，即死亡本能（Thanatos），也就是指通过了结生命本身来结束人生中无法逃避的压力。保罗改变了历史事件，但保留下了原先的那个罗卡曼迪欧的故事。

> 一九二〇年——达达主义取得胜利。在战火纷飞的第一次世界大战时期，达达主义萌生在苏黎世，并由一群情绪激昂而又疯狂的作家、艺术家传衍。这些人包括雨果·鲍尔、特里斯坦·查拉、马塞尔·杜尚、让·阿尔普、理查德·胡森贝克、拉乌尔·豪斯曼、库尔特·施威特斯、弗朗西斯·皮卡比亚、乔治·格罗斯等。达达主义旨在摧毁艺术、社会和文明的一切价值。

保罗打电话跟我说他患上了卡波济氏肉瘤。他脚和踝部的皮肤被感染得青一块紫一块的。不多，但确实长起来了。医生密切关注着这一伤病。他得开始使用α干扰素，还得接受放射治疗。保罗的声音有些许颤抖。但是我们都同意，强烈同意医生所说的，放射疗法对治疗局部卡波济氏肉瘤是非常有效的，而且保罗只是皮肤上受到了感染，确切地说，只在脚上有，而且它们也不痛，再者，至少他的肺没问题。我答应去医院看他。

保罗很安静。他正处在他通常最喜欢的姿势：背靠着精心摆放成金字塔状的三个枕头，躺在床上。

一九二一年——弗雷德里克·班廷和查尔斯·贝斯特发现了胰岛素，一种由胰腺分泌的能代谢葡萄糖的激素。对于糖尿病的治疗，它能迅速产生奇效。近千万条生命被拯救。

我刚开始我的故事，保罗就打断了我。

“一九二一年，阿尔贝·加缪死于车祸。”

他没有继续说下去。我继续讲我的故事。他又打断了我。

“一九二一年，阿尔贝·加缪死于车祸。”

“保罗，不是这样的，他死于一九六〇年。”

“不是的。阿尔贝·加缪一九二一年死于车祸。他坐在一辆法塞尔—维加车上。你也没听说过，是吧？那是一辆小型款，一款克莱斯勒的法国版，道路测试情况不是很好。

加缪和他的朋友正在从……”

“保罗，你都在说什么呀？”

“他们正在从普罗旺斯吕贝宏山区回巴黎的路上，加缪用诺贝尔奖金在吕贝宏买了一幢漂亮的白房子。道路……”

“好了。够了。”

“道路笔直干燥，空空如也。路的两旁都是树。突然——车轴断了？轮胎被堵住了？——没来由地，车就……”

“保罗，你没遵守规则，你骗……”

“**车子滑向一边**，撞上了一棵树。加缪当场死亡。”

“一九二一年，班廷和贝斯特离析出胰岛素。能……”

“一九二一年，加缪当场死亡……”

“能代谢葡萄糖的激素……”

“被一棵树……”

“由一种激素……”

“一九二一年，一颗原子弹投放在广岛，杀死了……”

“哈！一九二一年，班廷和贝斯特……”

“一九二一年，投放了一颗原子弹，杀死了……”

“它杀伤力极强，对于……”

“它杀死了……”

“杀伤力极……”

"它杀……"

"杀伤力……"

"它……"

"如此，如此的杀伤力……"

他累极了。我能感觉到他很快就会放弃。

"它被投放，杀死了加缪！"

他尖叫着说道，其声调使我深感害怕，立刻让我闭上了嘴。他怒目圆睁，盯视着我。我正在想，你这只蠢猪，瞧你都说些什么了！突然，他向我扑来，我吃了一惊，身子向后靠去，但是眼看他要摔到地上了，我就一把扶住了他。他的体重如此之轻，让我惊讶。他冲我的脸打了两下，但他太虚弱了，一点都不疼。他开始抽泣。

"没事了。保罗，没事了，对不起。"我轻声跟他说道。"没事了，对不起，别激动。听着，我想到了更好的。一九二一年，他们没有发现胰岛素。一九二一年，萨科和万泽蒂被判处死刑。萨科和万泽蒂，保罗，萨科和万泽蒂，萨科和万泽蒂。"

他的眼泪满脸地流着，泪水滴到了我的手臂上。我将他扶起，推回到床上。

"萨科和万泽蒂，保罗，萨科和万泽蒂。没事了。对不起。萨科和万泽蒂，萨科和万泽蒂，萨科和万泽蒂。”

我拿了条湿毛巾擦了擦我的手臂，然后轻轻地擦拭他的脸。我用手指梳理着他的头发。

“没事了，保罗，萨科和万泽蒂，萨科和万泽蒂，萨科和万泽蒂，萨科和万泽蒂。”

我即兴讲述了一个可怕的故事。有时，我们的故事情节很短，但是通过未解释清楚的细节，通过十足的模棱两可，它们还是会在某种程度上产生与绘画一样的效果，静止而又内容丰富。但今天的故事一点都不是那样。情节很少，也没什么意义。故事就只是勉勉强强地延续下去，无法令人相信，无法解释。洛蕾塔·罗卡曼迪欧溺水自尽。

一九二一年——两个贫穷的意大利移民和无政府主义者尼古拉·萨科和巴托洛梅奥·万泽蒂被认为在美国马萨诸塞州的南布伦特里发生的一起抢劫中连杀两人，被起诉有罪，并判处死刑。尽管证据疑点重重，审判有悖常规，法官与陪审团的指控也因他们两人的政治信仰和社会地位存有偏见，尽管证据表明那是一个臭名昭著的犯罪团伙所为，尽管全世界都抗议并呼吁赦免他们，但萨科和万泽蒂还是将于一九二七年被处决。

保罗开始服用抗抑郁药——起初是阿密曲替林，然后是氯丙咪嗪。此药要过两星期才会有效果。同时，他受到了密切的监护，尤其是在晚上（他只是间隙地入睡）。临床心理学家几乎每天下午都来。我一天要给保罗打上六次电话。

一九二二年——三十九岁的贝尼托·墨索里尼成为意大利有史以来最年轻的首相，也成为了二十世纪欧洲第一个法西斯独裁者。

“我能感觉到它们就在我的血液里，我能感觉到每一个病毒流上我的手臂，穿过我的胸膛，流到我的心脏里，然后再射向我的一条腿。但是我无能为力。知道情况会变得更糟，却还只能躺在这里等待。”他说道。

他是如此的虚弱。我再一次让步于他。

一九二三年——德国无力偿还盟军在《凡尔赛条约》中要求的战争赔付款（总数相当于三百三十亿美

元）。法国和比利时强行占领鲁尔地区，要求其投降。德国政府封锁了所有的修复支援，鼓励消极抵抗。法国和比利时军队以大规模逮捕和经济封锁作为对策。德国经济遭受重创，政府开始垮台。一时间极端分子四起。

保罗明显是在等我。他感到无聊了。这本来是要夺去他的时间的疾病，如今却神奇地留给了他大把大把的时间。

一九二四年——五十四岁的弗拉基米尔·列宁死于中风。他的健康状况在过去一年半中一直极不稳定。共产党中央委员会秘书长约瑟夫·斯大林（列宁一直想撤掉他，却始终未如愿）举行了一场过分奢侈的仪式来悼念故去的领导，并以此举来标榜自己是列宁最大的捍卫者。

离开医院的时候我碰上了保罗的父母。我跟他们已经很熟了。他们已经习惯并喜欢我，正像我对他们一样。以前我去他们家看保罗时总是会事先打个电话，但是很快他们就给了我门钥匙，而且表示一星期七天，每天任何时候都欢迎我过去，也用不着敲门。我都感觉现在自己有三个父母了，而不是一个（在我十岁时我父亲就去世了）：杰克会拍拍我的背，玛丽则微笑着，并轻轻地把她的手指放在我的手臂上，告诉我冰箱里有我最喜欢吃的摩卡酸奶。

一九二五年——阿道夫·希特勒出版了《清算》，这是他的政治宣言《我的奋斗》的第一卷。“所有非优良种族的人都是废物”，他写道。德国人“不但要花时间在养狗、养马和养猫上，还得花时间以保持他们血统的纯正”。这本书文风浮夸，冗长繁复，曲折散乱，缺乏逻辑，语法错误层出不穷。一个教育不佳的疯子的咆哮。

我本来应该写一个更好的故事。保罗的病情似乎有些许改善。他的卡波济氏肉瘤是否已消失还不确定，但他的腹泻几乎已经好了。

一九二六年——因其溃疡破裂，鲁道夫·瓦伦蒂诺在三十一岁就突然进入了纽约市不朽的行列。一九一三年瓦伦蒂诺从意大利来到美国。在电影《启示录四骑士》（一九二一）中扮演朱利欧之前他做过园丁、洗碗工、歌舞杂技团的舞蹈演员，以及一些小配角等各色工作。他立即成为了无声电影时代最杰出的明星。他的死使世界为之骚动：影迷自杀，悼念会上的暴乱，以及人们不惜排长达十一个街区的队伍只为和他的遗体告别。

现在保罗感觉好多了。他有了胃口，而且几乎不再腹泻。而且他的卡波济氏肉瘤的治疗看起来也进展良好。他给我看了看他的左脚。小一些的感染已经好了，大一些的也变小变淡了。最重要的是他的心情很好。他刚输了血，感觉强健有力。一个星期六的早上，我和他的家人一起在医院。他们既高兴又兴奋：因为保罗要回家了。他穿上了好几个星期都没穿了的便服。衣服穿在他身上松松垮垮的。他的裤子看起来空空荡荡的，他的衬衫像是挂在他身上一样，晃来晃去的。我注意到了这些，我们都注意到了，但是我们都没将此放在心上。保罗走起路来有些许不稳。但有很多的手臂和微笑支撑着他。

一九二七年——几近破产的电影公司华纳兄弟公

映了《爵士歌手》，主演艾尔·乔森。在这部本打算做成无声电影的故事片中，他们加入了四首歌曲、伴奏音乐、各色音效以及代替字幕卡片的同声配音。结果，故事进展自然，情节扣人心弦。这部电影获得了巨大的成功。有声电影的时代开始了。

为了有事可做，打发时间，行使掌控权，保罗和我重新布置了他的房间。他指挥，我实施。我们将此做成了一场马戏表演。我在提起一本书的时候做出上气不接下气的样子，而在推一张床时却假装那只是小菜一碟。保罗笑了。

一九二八年是保罗的年份——而且今天是他的生日——这是多么好的一年啊。在英国，男女都平等地享有了选举权；六十三个国家在巴黎共同签署了《凯洛格—白里安公约》，规定禁止将战争作为国家政策手段；阿梅莉亚·埃尔哈特飞越大西洋，成为了第一个完成此举的女性；亚历山大·弗莱明发现了青霉素，为之后的抗生素惊人有效地治疗传染性细菌疾病奠定了基础；拉威尔的作品《波莱罗》享誉全球；加拿大的珀西·威廉斯成为了阿姆斯特丹奥林匹克运动会上的轰动人物，一人独得一百米和两百米短跑冠军——是的，罗卡曼迪欧家的故事只能是个好故事。生日快乐，保罗！

一九二八年——第一部有声卡通片，沃尔特·迪斯尼制作的《威利汽船》问世。电影主角是一只欢快而又淘气的人形化了的啮齿动物：米老鼠。

保罗给我看了一些照片。有一张照片上有两个男孩，十五岁左右，穿着牛仔裤和厚重的毛衣，坐在大堆橘色和棕色叶子上。他们都咧着嘴大笑，笑得还有些疯狂。

“那是詹姆斯，我高中时最好的朋友，左边的那个。”

他没有说右边那个是谁。他的意思很明显：那就是他自己。我试着屏住了自己因惊讶而发出的喘气声。但我还是很使劲地看着照片。我试图找到一点共同之处——头发，下巴，鼻子，闪光的眼睛，所有一切——但都找不到。照片上的保罗和我身边的保罗完全是两个人。身边的保罗并没有发现我的反应。没有什么能比看一本家庭相册更能唤起过去，振奋病人，召唤一个将死之人。这些照片所再现的健康的过去，拥有无限生机的年代以及干净的肤色使保罗倍感振奋。我带着一种恐惧的心态看了余下的照片，那个强健而又充满活力的保罗。

我们出去走了走，很慢地走。他小心地走着，轻轻地拖动着他的脚步，探着地面以防止出现折磨人的抽筋。夏天的天气很暖和，而且还有宜人的微风。他被这大片大片的绿地及树上沙沙作响的叶子深深触动。我们在公园的长椅上坐下。他还是忍不住四下观望，赞叹着大自然的神奇。他的感受强烈，精神焕发。一九二九年我讲了一个最好的故事。

一九二九年——幽默连环画《丁丁在苏联》出版了，其作者是比利时人乔治·雷米，以埃尔热这个名字为人所知。另外二十三卷描绘这个勇敢记者的惊心动魄的历险故事将会相继出版。此书的插图非常精确，颜色鲜明，通俗易懂。这些画由连续的长线组成，没有阴影部分，这种简洁而生动的画风是由埃尔热开创的，而后被泛称为“白描画风（ligne claire）”，字面上解释也就是清晰的线条。丁丁的世界将会使几代读者都为之痴迷。

保罗已经在家两个多星期了。房子像是太阳系，保罗就是那太阳，是一切的中心。房子里每一个重要的房间里都有一个对讲机，它和所有其他的对讲机相连接。该系统随时都处于运行状态。每一声沙沙声，每一声咳嗽声，“太阳王”所说的每一句话都能在他的领地内被听到。厨房被他有关烹饪的怪念头弄得乱七八糟。医学期刊——他买了《自然》《科学美国人》《新英格兰医学期刊》——被放在书架上，桌上，地板上；他的父母暗地里唾弃这些杂志，因为这些书让他们觉得自己无用，但保罗却孜孜不倦地读这些书。他的东西——一件毛衣、喝剩半杯的橙汁、一本摊开的书、拖鞋、一组未完成的纵横字谜、一套便携式的电子游戏——摊得到处都是，它们被丢在一边不是因为他被宠坏了，而是因为他累了，太会忘事了。他们家有关他父母和姐姐的日常生活近乎军事化：任何重要的事情必须按时，并以井井有条、一丝不苟的方式完成。长官助手们必须轮流地在半夜十二点准点将他们的总司令轻轻叫醒，让他服叠氮胸苷药。这不是在分担压力，而只是他们想轮流来干这件事。

保罗谈起要再开始他的学业，通过函授——或者更好地——去多伦多大学半日制学习。我们都为之兴奋。他想着攻读哲学和电影专业。

一九三〇年——美国天文学家克莱德·汤博发现了我们的太阳系的第九颗行星——冥王星。

罗卡曼迪欧一家的故事将要被中断一星期，保罗和他的父母要去他们的乔治亚湾小别墅。

“这是为了我的白细胞，”他告诉我，“它们不想增长。那儿空间大，空气清新，有利于它们的生长。”

他的乐观情绪似乎在减弱。

一九三一年是我的年份，但保罗想要讲这一年。我的故事陈腐老套——故事是基于十字交叉文字游戏的发明，这个游戏后来被俗称为拼字游戏（Scrabble），发明者是美国建筑师阿尔弗雷德·巴茨——那天我有点悲伤，所以就让他讲了。保罗走之前，跟我讲了一个简短而让人摸不着头脑的故事。听了之后我变得更加悲伤了。

一九三一年——奥地利籍美国数学家库尔特·哥德尔出版了他的《不完全性定理》，也就是哥德尔证明。此定理证明在任何一个包含了初等数论的形式系统中，都存在这样的命题，它既不能被该特定系统中的公理证明，也不能被其否定，因此算术的基本公理可能会引发矛盾。

杰克和玛丽急忙将保罗送回了多伦多。他腹部疼痛，都直不起腰了。他们驱车直接把他送到了医院。

五百个白细胞。我的天哪。差点就可以说是没有任何的免疫能力了。他极易受到病毒攻击。

一九三二年——社会主义现实主义被宣布为苏联艺术创作的正统理论与方法。无阶级社会的建立成了一切艺术作品唯一可接受的主题，也是衡量其价值的唯一标准。结果导致了小说和绘画在政治上高度纯洁——在艺术上十分平庸。

我知道这样比较有些荒唐，但如果真的要比较，我想失去一个兄弟比失去一个儿子要好一些。孩子在父母眼前死去，未来在过去面前死去——还有比这更伤害心灵的吗？那是最终的无望，比死还要糟糕：这是惨绝人寰啊。没有人能坦然面对死亡，但詹妮弗绝不是做得最差的一个。就像保罗的疾病对我产生的影响一样，它也扼杀了她那快乐、无忧无虑的心灵。她变得很会想事，更不开心，更加安静了。她告诉我，到了晚上她常常会想到人生中那些点滴的危险，一想到这些她就睡不着觉。你可能会想，她怕这些危险是在为她自己考虑，但实际上她是在为她的父母考虑。随着保罗病情的加剧，她从杰克和玛丽身上感受到了一股无名的压力：爱。她觉得她无论如何不能让他们失望，不能死去。她不再在浴室里使用吹风机，因为她怕水，怕被电死。她不再骑自行车，因为她怕那些没上盖的下水道和那些晃来晃去的车门。

我不想讲一九三三年了。事实上，我想完全放弃罗卡曼迪欧一家这个故事了。我带来了最近一个朋友刚教我的叫“围棋”的东方游戏。游戏规则再简单不过了——你用黑白子在一张由水平及垂直线分割成的棋盘上下子，目标是要比你的对手占领更多地盘——但是这游戏却跟下国际象棋一样复杂，只是对初学者来说更容易一些。我以为保罗会喜欢这游戏。但他打断了我。

“你忘了什么，是吗?”

“今天我不想讲。”

“你说这是唯一有价值的事。”

“好吧，也许——”

“你知道一九三三年发生了什么吗?”

“是美国新政的开始。”

“再猜。”

“伦巴舞盛行？”

“再猜一次。”

“受欢迎的金刚和假睫毛？”

保罗抢走了我的年份。马克·罗卡曼迪欧得到了奥兰多集团小股东们的大部分控股权，将奥兰多挤出了他们一起经营的欣欣向荣的公司董事会。

一九三三年——阿道夫·希特勒成了德国总理。第三帝国在波茨坦宣告诞生。第一个集中营在巴伐利亚达豪的一个前弹药厂建立。

由于保罗拿走了一九三三年，我便拿了他的一九三四年，接下来的一九三五年也是我的。我强迫自己。没有什么比新生命的降临以及当时对新生命浓浓的爱更伟大、更美好的了。我宣布了拉斯·罗卡曼迪欧的诞生。

一九三四年——在安大略湖北部的卡伦德附近的一个贫穷的法籍加拿大家庭的农舍里，迪奥纳家族的五胞胎——埃米莉、伊冯娜、塞西尔、玛丽和安妮特——诞生并存活了，成为了有史以来第一个能存活超过数小时的同卵五胞胎。此消息令这个正迫切需要好消息的世界震惊沸腾。红包、衣服、食物、母乳、设备等礼物以及建议从各处蜂拥而至。红十字会在他们的农场对面为他们专门建立了一个超现代化的医院。但人们不只是慷慨，他们还很好奇。他们想亲眼看看这些奇迹般的小家伙。一时间，世界开始进入了迪奥纳一家的生活。他们成了加拿大最具人气的旅游热点。医院扩建，成为了一个“五胞胎天地”中心。游客络绎不绝，每天的人数多达六千，就为了透过一面单向透明玻璃看那五胞胎在她们专门的场地里嬉戏玩耍。游客们的花费总数估计高达五亿美元。在世界范围内，卡伦德成了加拿大最著名的城市，那儿的房地产价格高涨。住宿旅馆、汽车旅馆、餐馆、纪念品商店如雨后春笋般激增。那些无法亲眼目睹五胞胎的人能在三部好莱坞电影中看到她们，也可以在福克斯电影台的新闻短片中，在无数杂志封面上，或在其代言的许多产品广告上看到她们。世界想要知道这群可爱的五胞胎每天都在干些什么。

两天后，我写了赫尔辛基市政厅一场危机所引发的骚动。

一九三五年——属于保守党的 R. B. 贝内特总理召集了一次联邦选举。自从联邦以来，他的执政几乎可以说是一场个人独裁秀了。他保证他会解决经济大萧条所带来的诸多问题。“我将冲破一切艰难困苦，闯出一条新路。”他说道。一九三五年，那些再也消费不起汽油的人将引擎从车上拆下，然后把车套到马上；它们被称为“贝内特马车”。一九三五年，加拿大人民把贝内特轰下了台。保守党遭遇了前所未有的惨败，只得到下议院二百四十五个席位中的四十席。威廉·莱昂·麦肯齐·金再次当选总理。

保罗根本就没在听我说。我听到了一声吞咽声。我将目光从为故事做的笔记上移开，抬起了头。他的眼睛湿润了，嘴唇在颤抖。我停了下来。

“哦哦哦，”他呻吟着，“我要活着。我愿意放弃我所有的追求。”他哭了起来。“即使一无所成我也不在——在乎。干再卑——卑贱的活我都无所谓，任何事都无所谓。”

此前，我们已经历过这种情况，而且这是常有的事，但不知是为什么，在那会儿，我毫无准备。我慌了。我从他床边的椅子上站了起来。我朝门口走去（去找什么人?）。我再一次坐下。我站起来。我坐到了床上。

“我只想要时——时间。”

我想说些什么，但话（什么话?）就是说不出口。我想要哭，但我觉得我不能哭，所以我忍住了。我站了起来。我拿起放在他床头桌上的一杯水。

“这太不公平了。”

我看了看拉开的窗帘（或许我应该拉上?）。我在椅子上坐了下来。

“我希——希望我有个女——女朋友。”

我起身。我把杯子放回桌上。我坐到了床上。我把手放在了他的手上。

“我再也受不了了，我再也受——受不了了。”

我看了看门。我看了看他的床单（我是不是应该再整整床单?）。我看着他。

“保罗，”——我终于蹦出话了——“保罗，你不能放弃。在他们找到治疗方法以前你得坚持住。世界各地千百万加元的资金投入到了这项疾病研究之中，美国、法国、德国、荷兰，我们加拿大，到处都在开展研究。科学家们从未在任何时候，在任何事情上投入过这样多的热情与精力。这就像是个巨大的医学曼哈顿工程。他们每天都有新发现。你是知道这一点的；你在读所有这些科学杂志的嘛。时间在你这一边，保罗。但是你必须得坚持住。”

他开始平静下来。我们又聊了聊。他睡着了。我换了个故事，低声地讲给他听，唯恐把他吵醒。

一九三五年——萧条仍旧持续着，异常艰难。

回家的路上，我被堵在了四〇一高速公路上。我不敢相信我说了那话。“时间在你这一边。”操。

一九三六年——西班牙内战爆发，暴行肆虐，血流成河。

杰克做不到。他属于传统又勤奋的战争一代，有着一份如铁道般循规蹈矩的工作，领着一份如火车头分量般的薪水，拥有一个头等车厢般大小的情感空间。他的幸福在一个界定清晰的框架内运行。当一颗炸弹击毁了那个框架时，他也随之崩溃。他是对保罗的病情适应得最差的一个。他的感情如脱轨了的火车。他挣扎着应对一切，想要掌控局势，想要让自己感到有些许用处。他是一个脆弱的男人，眼神空洞，发鬓渐白。他也在服用抗抑郁药，就像他儿子一样。

一九三七年——侵华日军攻占了国民政府首都。南京惨遭洗劫。在六个星期中，三分之一多的城市被毁，大约三十万中国百姓和士兵被杀，几十万妇女被强暴。

保罗又一次接受了输血。有那么一瞬间，他感受到了力量和——与此直接关联的——欢欣。我料想一九三八年的故事会受水晶之夜事件的启发。那是令人发指的大杀戮，彻底地粉碎了犹太人也许能幸存于纳粹德国的幻想。但保罗给了我一个惊喜。

“你会喜欢我的故事。”他告诉我。我确实喜欢。

一九三八年——匈牙利籍阿根廷人拉兹洛·比罗发明了圆珠笔。

化验，化验，化验。糟糕的结果：血液缺氧。很可能是卡氏肺囊虫肺炎复发。他的肺十分虚弱，这让他感到害怕；他的呼吸短而急促。他不想谈论这些，但很明显我们都知道这些。我必须小心谨慎。

一九三九年——立陶宛总统安塔纳斯·斯梅托纳在电台广播了他的最后致辞，抗议苏联吞并他的国家。那将会是一次野蛮的事件——到二十世纪四十年代末，古拉格集中营中四分之一都会是立陶宛人。斯梅托纳不想用立陶宛语致辞，因为出了他那个小小的国家，没有人听得懂。但他也拒绝用压迫国的语言——俄语或德语。他是用拉丁语作他的最后演说的。

我在医院里四处走动，为的是让自己能够有所准备。也许会发生奇迹。我做着深呼吸。曾经报道过几起不可思议的康复事件。比如说一些几乎令人绝望的癌症病例。为什么就不会在这里发生呢？我看到了躺在床上的病人。我走过他们时，其中很多人注意到了我。他们的头侧着，双眼圆睁。他们为什么在这儿？难道他们也患上它了？我不想知道。我走下楼梯，走向保罗的那一区。确实有医学奇迹。他的身体年轻健康。在一条走廊尽头，我看到了一个六十几岁的男人坐在窗下，轻轻地前后摇着他的椅子，手中抓着一个小小的棕色纸袋。我想应该是小点心或其他什么的。他穿得很普通，像被剥夺了权力的人一样，温顺耐心地等着。老人啊，你的子女在哪啊？在做检查？在做化验？或只是犹如昏迷了一样睡着了？得了什么？是由性引起的？还是共用了针头？看着那个男人，他无足轻重的感觉让我无法承受。一个失败者。他可能会死，他的儿女可能会死，而这可能与任何人都无关。一场没有悼念者的葬礼，房间角落堆着几袋衣物，一张空床——就只是那么些。没有未完成的事，没有留下任何印记，没有重要的回忆。看着这个毫不重要的男人所经历的痛苦。看着这种痛苦的孤独。我还无法面对保罗。我又走了一会儿。

一九四〇年——卡尔·勃兰特医生从高层接到了一封信，内容只有一段文字：“兹授权指定医生，可以对被认定为无法医治的病人(经详细严格的健康状况检查后方可确定）实施安乐死。”T4 行动——（保罗打断了一下自己。“你能相信么？T4，蒂尔加腾大街 4 号的简称，位于柏林，是此次行动实施的起源地，竟与被 HIV 病毒所攻击的免疫系统内的细胞同名。这是多么惊人的巧合啊!）——T4 行动开始施行。格拉芬奈克，一个由撒马利亚人监管的为身体残疾的人所提供的住所，被接管并改造，成为了六个安乐死中心的第一个。一万零六百五十四个“无法医治的”病人将会在那死去，其中大部分是智力愚钝的男人、女人和孩子，但也有身体上残疾和被纳粹分子认为是“无用的食粮者”的人。那些运送受害者的人都穿着白大褂，以做出那是要进行医学手术的表象。起初，致死通过致命注射或者让其受饿完成，后来转变为通过伪装成淋浴的样子，向室内释放毒气，使人毙命。家人们收到了慰问信，由医生签署的伪造死亡证书，和一个放着骨灰的骨灰盒。T4 行动将处理掉七万条生命。在教会团体的抗议下，此行动在一九四一年八月正式结束。但实际上它还在暗地里进行着，第二次世界大战结束前又杀害了十三万个受害者。而且相关的技术、经验和一些人员被转移到了国外，如波兰，在那里纳粹分子又有另外的计划。

玛丽有了一丝有限的适应力。她存有希望。当她的希望受挫，当不可想象的事情向她袭来时，她似乎可以在她内心找到些什么，虽然感到希望减小，一直悲伤着，她还是能够坚持住。总之，她比杰克坚强。也许她信教，我不确定。我小心翼翼地从不谈论宗教。我有什么资格去揭人伤疤呢？

一九四一年——亨利·菲利浦·贝当元帅在法国设定母亲节。

照理说腰椎穿孔是不会疼的——一下就过去了——但保罗大叫了。他们试了三次才把针头插进去。我以为我很冷静——我直视着杰克和玛丽，告诉他们这其实不疼，他只是反应过度罢了，这也是为了他好，能帮助确诊，这也用不着花多少时间，一切都会好起来的——我以为我很冷静，但当我去喝水时，我的手抖得如此厉害，以至于我无法用纸杯端住水。我蹲下，低头直接从水龙头接水喝。

他回到了自己的病房，侧躺着，精疲力竭。他那苍白、骷髅似的脸庞上长了些毛须，十分明显。我要想数的话能数得出来多少根，就长在他的太阳穴下面，下巴上，还有几根长在上嘴唇上。

“你得刮刮胡子了。”我说道，试着寻找轻松的话题。

在回答我之前他眨了眨眼。“我已经不再刮胡子了。”

他没那力气。但我猜是有另外的原因：因为他已经开始掉头发了，而它们都没再长回来。头发一片一片地掉着。所以现在他要保留住他有的每一根毛发。

我想大哭一场。他放弃刮胡子的习惯让我难受极了。他那满是骨头的手指紧拽着他做下的研究笔记。其中一页敞开着，题目——“万湖会议”——的下面工整地画了一条线。十五位来自纳粹政权相关部门的高官在柏林郊区会晤，计划找出“犹太人问题的最后解决办法”。特别行动队除了在对当地人口的破坏上成绩卓著外，其他工作他们都没跟上进度。这种流动屠杀模式即将被新的模式代替——政策上的模式转移——更大的屠杀即将开始，处处可见受害者。这次会议的直接后果是在贝乌热茨、索比堡和特雷布林卡建立了灭绝集中营，而奥斯威辛、切姆诺、马伊达内克此等集中营变本加厉，它们全由火车轨道连接了起来。这些新集中营的头目和相关人员都是T4行动的老手，效率相当之高。比如说在贝乌热茨灭绝集中营，在其运营的十个月里，只需三十个党卫军人员，辅以一百个乌克兰战俘，就杀害了六十多万犹太男人、女人和小孩。

保罗太累了。“我不行了，”他叹道，“我们不讲第四十二章节了。一九四二年就算是空白的一年吧。”

任何故事面临这种情况该如何进行下去？

“好。”我感到麻木，麻木，麻木。

一九四二年——空白的一年。

检查结果出来了。保罗的脊髓液感染了一种真菌——新型隐球菌。他有得脑膜炎的危险。病菌可能会进入他的脑部。医生们将对此进行密切监视。只要有一丝征兆，他就得服两性霉素 B 和氟胞嘧啶药物。他显得异常的镇定。我想忘掉这一切。我想远离这一切，万里之远。

一九四三年——埃米尔·加尼昂和雅克·库斯托发明了第一套独立水下呼吸装置。水肺潜水因此诞生。

虚弱的保罗喘息着讲出了他的故事。我的脸颊能感觉到他的每一次呼气。跟他比起来，我有着如此充沛的精力，如此健康的身体。这像是一种傲慢。为了补偿，我做了和长得高大的人所做的同样的事：我将背驼了起来。

一九四四年——安东尼·德·圣埃克苏佩里，《小王子》的作者，在地中海上空执行侦察任务时被击落。

副作用过于严重：保罗将停止服用叠氮胸苷药。对此他感到很高兴，因为这样他可以觉得舒服些。这消息让我震惊。现在连骗人的治愈方法都没有了。我坐在他的床边，竭力控制住自己。我的喉咙紧绷，感觉眼睛中涌着一股热气。像往常一样，我准备了一个悉心构思的故事。莫妮卡·罗卡曼迪欧在一列火车上，独自待在她的车厢里，突然一个威风凛凛、样貌丑陋的老人，拄着拐杖走了进来，坐了下来。后来他们开始说起话来。但是随即我一时兴起，改了我的历史事件，也改了我的故事。这是所有罗卡曼迪欧的故事中最短的一个，一起谋杀。那个男人掐死了莫妮卡。我以凶手在一片旷野穿越逃离的画面结束了这个故事。无论从心理的角度还是实际的角度来说，这都没有任何意义。那个男人怎么能从行驶的火车上下来？我没有给出解释。但是保罗很开心。

一九四五年——八月六日上午八点十五分，日本广岛成为世界上第一个遭受原子弹轰炸的城市。一架名为艾诺拉·盖的美国空军B－29型轰炸机投下了这颗绰号为“小男孩”的原子弹。伴随着空中一道令人目眩的闪光，原子弹爆炸了，随后就是一股急剧扩散的尘土和一声震耳欲聋的巨响。那之后就是房屋坍塌和火苗蹿动的巨大声响。直接死亡人数高达八万。之后还会有很多人因受伤不愈或辐射疾病而死去。

从医院出来后，我在多伦多大街溜达。在一个报刊亭前，我看到了一些新闻头条——斯里兰卡、约旦河西岸地区、海地、伊朗、伊拉克发生了流血事件；三K党在路易斯安那州赢得了一场竞选；一本科学杂志敲响了海洋健康问题的警钟——我很高兴。这激发了我。世界正在转变！我们人类不是一个能生存下来的物种！环境是我们最大的敌人！温室效应和酸雨长存！动物灭亡！让我们奋起维护热带雨林面积的缩减、撒哈拉沙漠的扩大和海洋的干涸吧！所有的食物都将会被饥饿代替。一切都会因污染和人类的鲜血而变得更美好。我们的任务就是一次大扫除：我们必须去除世界上的所有生物。死亡是我们的宿命，摧残是我们最大的天赋。所以为战争高喊万岁！为贫穷高声喝彩！国际特赦组织、白犀牛、特蕾莎修女，呸！波尔布特和光辉道路派才是我们所信任的！**死亡万岁！智慧死亡！**

我看了看我所在的位置。我在布鲁尔大街上，离布朗斯威克街不远。我身后是黎巴嫩小饭馆。这是个明亮、灿烂的下午。我饿急了，于是走了进去，点了一份皮塔饼夹鹰嘴豆泥。我看着厨师做。我感到内心有什么东西在释放开来。付完钱，我继续沿街走着。街上有个小超市，入口处有张广告牌。我细细地看了上面的广告，丢了的猫，瑜伽课，待售的家具，找合租伙伴的，寻乐队鼓手的，提供看孩子的，都是些社区广告牌上有的好意和美事。我继续向前走。我来到了一家小餐厅前。里面都是美丽的人。女招待一头金发，身穿一袭黑衣，戴着一副黑边眼镜，性感极了。一个流浪汉走到我面前，问我要零钱。我问他要钱干什么，“支援非洲”，他说。我给了他一美元。他踉跄着离开了。我继续往前走。在一家二手书店的橱窗前停下来。全是些有意思的书。我走进去买了一本桑顿·怀尔德的《圣路易斯雷大桥》和一本意大利作家迪诺·布扎蒂的短篇小说集。我继续走，看到了更多的商店和人。难过的感觉彻底消失。我们的所有这些有趣、奇特、错综复杂的生活方式令我感到眼花缭乱。那个下午接下来的时间我就在布鲁尔大街上来回游荡，就像一条鱼在珊瑚礁中游来游去。

不过可不要误解我：我只是开始能苦中作乐了。

一九四六年——法国殖民统治力量和胡志明的军队在中南半岛开战。美国人最终还是会取代法国人，并且战争还会继续以这种或那种方式在越南持续，直至一九七五年。

“看这个。”保罗说。他那骨瘦如柴的手缓缓地伸向头顶，用手指挑了一缕头发。他开始拔。有一丝短暂的阻力，过后这缕头发被拽了下来。“这能发出最好玩的小声响。你听不到，但是在我脑子里，这能发出最好玩的小声响。”

一九四七年——作为结束英国统治的序曲，印度遭到瓜分，以安抚南亚次大陆上印度教信徒和伊斯兰教信徒的担心，满足他们的期望。就此，印度独立，巴基斯坦也随之诞生。可从地理角度看，巴基斯坦实属尴尬：东巴基斯坦（今孟加拉国）距离西巴基斯坦千余英里。更糟糕的是，在孟加拉和旁遮普这两个相互交织而又水火不容的地区内画上边界线更激化了印度教信徒和伊斯兰教信徒之间早已白热化的冲突。难民大批流动。有七八百万伊斯兰教信徒离开印度去巴基斯坦。同等数量的印度教信徒则反向流动。恶劣的暴力事件此起彼伏。二十多万人不幸丧生。

保罗的世界在缩小。要想出国旅行是不可能了。回家是旅行，离开他的病房也是旅行。他几乎连走路的力气都没有了；他还能自己去洗手间方便，但即使是那样的事有时候也得让他大费周章。他的视野仅仅限于他的床沿。

一九四八年——甘地被印度教狂热分子暗杀。

杰克一直热衷于地方史，可自从保罗生病以来，他对这些就开始变得痴迷。什么家族契约、达勒姆报告、不屈不挠的弗朗西斯·邦德·海德爵士、伟大的伊萨克·布罗克爵士（“你知道他来自海峡群岛吗?”他问道）——这些，以及更多的东西，让杰克无尽地痴迷着，并且他将这些与我分享。我留心地听着，问着发人深思的问题，虽然没有什么比那些个家族契约、达勒姆报告、不屈不挠的弗朗西斯·邦德·海德爵士、伟大的伊萨克·布罗克爵士（“泽西岛?”“不，格恩西岛。”）更让我感到无趣。我爱这个男人，因为他的痛苦。当我们谈昆斯顿高地战役，或是特库姆塞惨案，或是不知疲倦的约翰·格拉夫·西米柯时，我都有种感觉，我们其实是一直都在谈论保罗。

一九四九年——中华人民共和国成立，主席为毛泽东。

疼痛，滚开吧。

一九五〇年——中国人民解放军进军西藏。

保罗被不停的打嗝折磨着。这么一阵阵的抽动使他筋疲力尽。他既无力保持清醒，也无法安然入睡。他飘浮在可怕的地狱边境。医生给他尝试药物，之后又用催眠法。他们很担心。

罗卡曼迪欧家族的故事被迫中断六天。

事情到了最坏的地步时，就突然会有好的转机。保罗似乎是进入了一种筋疲力尽后的稳定状态。奇迹般地，他不再打嗝了。可以说也不再腹泻了。他的肺——这一直是让人担心的事情：一个在医院的病人已经发作过七次卡氏肺囊虫肺炎了——也一切正常。很久以前他就停用了α干扰素药，他的卡波济氏肉瘤又扩散了，但最近镜子于他也都有好远好远的距离，他也没有精力去关注这些；这已经是他所有问题中最不痛苦的了。他一直在输液，是维他命和矿物质的水化液。他很会睡，几乎不下床。像个孕妇一样，他会心血来潮地想要吃某样东西，但他几乎无法下咽，常常又吐出来。

一九五〇年——第五十章——是保罗全权负责的最后一年。他再也无力集中精神。他不再阅读，不再创作。相反，他成了我想象中的明断的听众。唯一让我不满的是，他太容易疲倦了。他随时都会睡着，有时是在我的一句话讲到一半的时候。不是他想睡；是他那疲倦的身体命令他那么做的。通常我都让他休息，等到他醒来，我再继续我的故事，但是随着一年一年故事的过去，看到他睡了，我改成低声讲述。

一九五一年——阿拉伯联盟呼吁其成员国加强对以色列的经济封锁，尤其要切断石油供应。

保罗开始尿痛。医生们检查了他的导尿管。一切正常，只是尿路感染。即使是这再普通不过的快感也被剥夺了。

一九五二年——南非最高法院否决了由丹尼尔·F. 马兰总理提议的种族隔离立法的第一要素。早在一九一〇年南非联盟成立之前，种族隔离制就已经开始统辖种族间的关系，却从未像如今这样错综复杂、深陷体制化之中。就在法院做出这一动议之后不久，国会通过了一项由政府发起的议案，以限制最高法院的权力。马兰和他的两位继任者约翰内斯·斯揣敦及亨德里克·维沃尔德追求构建种族隔离制度。

保罗不再吃东西了。有时他吸一下冰块。我到那儿的时候，吃着巧克力条，还没想到这点。保罗盯着我，盯着我的手指，还有我的嘴巴。他不是饿。只是吃巧克力时的那种美好感觉让他对此充满渴望。我知道只要他吃了就肯定会吐。但看看他那渴望的眼神啊！我拿起了一块沾有一点焦糖的巧克力放在他那苍白的舌尖上。他把舌头缩了进去。几秒钟过去了。我想象着那一小片在融化，唾沫湿润了他的嘴巴。突然他剧烈地呼出气，然后张开他的嘴巴——作呕！我把手指伸进他嘴里，抠出那些让他作呕的巧克力。把另外一个手指伸进他床边的玻璃杯里，蘸了几滴柠檬水润了润他的舌头。他一直紧闭双眼。他一边在呕吐疼痛，一边又在筋疲力尽的边缘徘徊。我等了会。他睁开眼睛。他没事。我笑了。

“反正吃这个也不好——会长蛀牙的。”我说。

“也会长痘痘的。”他说。他勉强着笑了一下。

他心情不错。我准备了两个故事，就选了个好一点的。在图尔库举行的全国高中辩论赛上，乔治欧·罗卡曼迪欧在“电视对民主有益吗?”这场辩论赛中获胜，获得了总统科伊维斯托亲自颁发的吉科宁奖。

一九五三年——达格·哈马舍尔德当选联合国秘书长。

输血很慢，很花时间，但是保罗禁受住了考验。他感觉好多了。

然后他吐血了。

“内出血。”护士说。

我没办法不去看。我无法闭上双眼，也无法将目光移开。床单上，保罗的手上，有血迹和明显的液体。护士戴上塑料手套，这手套是半透明的，让人觉得可怕。突然我害怕了——害怕保罗的血，害怕保罗这个人。我喃喃地说我马上回来，然后离开了房间。我一头钻进厕所，将自己反锁在里面。我开始卷起袖子，又改了主意，干脆把衬衫给脱了。有人敲了敲门。我回过头去，看着门，不知所措。“这里很忙，没人。”我不做声了。我用热水及很多的肥皂，开始洗我的手，我的胳膊，我的脸。我用双手摸着脸上的每寸肌肤，寻找哪怕是最小的伤口，刀疤，擦伤。

“有东西”——停顿——“在体内燃烧”，我回来时保罗低声说。

我把手放在盖在他胸膛的床单上，轻轻地拍打，以示对他体内有东西在燃烧的同情。事实上，我并不愿意碰他。然后回到家，我第一百次，第一千次地查证到没有，根本没有过往的经验总结证明这能通过平常的接触传染。

一九五四年——威廉·戈尔丁的小说《蝇王》出版。这部小说讲述了一群男学童被遗弃在太平洋的一座小岛上的故事。起先他们相处得很好，一起为着共同的利益而奋斗。然而，不久他们的关系趋于恶化，竟至互相残杀。杰克统领一切。

我不要死在床上，那是肯定的。我已经想过了。一声巨响也比低声啜泣好。车祸，即使是有刺耳的刹车声和破裂的玻璃声，也比慢慢地在床上死去好。不说再见也比慢慢地死去要好。中弹也比慢慢地死去要好。只要不在床上，不在床上。

一九五五年——詹姆斯·迪恩死于车祸。

保罗很痛苦。莫名其妙的痛苦。前一刻他还好端端的，后一刻他就会因剧痛而虚弱地翻滚。除了等待、眼睁睁地看着，我无能为力。

“痛——痛”，他呻吟着（什么痛？哪儿痛?），两眼死死地盯着我。他在悬崖边摇荡。我们的眼睛紧紧地锁住对方，像扣在一起的两只手。假如我把眼睛移开，他会就这样死去。我没把眼睛移开。

一九五六年——苏联进入匈牙利，干预这个国家的十月事件。物质遭到严重破坏，二十万难民逃亡到了西方。

保罗正在休息。至少他的双眼是闭着的。病房很安静，只能听到他微微发出的急促的呼吸声。我一动不动，两只胳膊交叉，盘腿坐着。我想大声尖叫。

他醒了，我有气无力地冲他微笑。

“你好。”我说。

他选择了今天来谈论上帝。

“你相信上帝吗?”他低声问。

我领会到了他讲这话的用意。

“我相信。”

停顿。

“我想我也是。”他短促而清晰地回答道。他像是解脱了。他额头上布满了点点汗珠。每次他咽东西时总闭上眼睛。他已经忘记了我们在大学里所有关于无神论的讨论。

“我相信上帝无处不在，在生命和事物出落的每个地方。”我补了一句。

“我也那么认为。”

“过去我们没有一刻不与上帝同在，将来也不会有什么时候我们不与上帝同在。”

“对。”

“他看护着我们所有人。”

他咽了口气，睡着了。

一九五七年——加拿大驻埃及大使赫伯特·诺曼，一位著名的日本学学者，在重新遭到美国国会诽谤性地指控为共产党员后，从开罗的一幢公寓楼顶跳楼自杀。麦卡锡主义在其受害者名单上又添加了一位加拿大人。

我去了趟医院牧师的办公室。我跟他的助理说某某病房，某某床的病人保罗可能会想要查理牧师去探望探望他。“不着急，”我本想那么加一句，“我们不希望他读《守望台》，是吗？”但是我只是问了他牧师探望病人的时间，为了确保不会在病房碰到他。

“为什么我不再吃东西了？”保罗问道，“他们应该给我开点让我觉得饿的药，是不是？他们应该让我吃东西的，难道你不这样认为吗？”

我还没开口回答他，他就已经睡着了。床边还放着上顿他都没碰过的饭菜。

一九五八年——由于苏联政府的干涉，鲍里斯·

帕斯捷尔纳克婉拒接受诺贝尔文学奖。

这病啊，把保罗侵蚀得精光。连鲨鱼也吃不掉他如此多的身躯，烈火也不会将他摧残至此。但这病又不缓不急，不会让他立即一命呜呼。只有无尽的消耗折磨。他陷在床底。他的体重只有七十八磅，而且还在往下掉。他无法再下床走路。他无法再控制他的膀胱，他的括约肌。他得费力呼吸。他像桌球里的母球一样光秃秃的。他已经被病侵蚀得让我联想到垃圾——腐坏的肉，发霉的奶酪，腐烂的面包，熟烂了的水果——但就在这些腐败中，一个微弱、颤抖的声音叫着我的名字，呼唤着仁慈。这病啊。我都想把这一切全交给上帝。

他的眼睛周围形成了很大很黑的圈圈。皮肤上布满了各种颜色的血块、伤疤、感染。那些都是化验、打针、输血、灌注以及疾病所遗留下来的杰作。每一种颜色，黑色，棕色，红色，紫色，黄色，绿色，配以苍白的半透明的肤色。他看起来就像正渐渐退去的彩虹。“医生，请告诉我，”我想说，“他发烧，腹泻，得了肺炎，身患卡波济氏肉瘤，这些还只是我叫得出名字的，对这些你也没有什么办法。但是，请你至少告诉我，他的皮肤怎么会变绿的?”

一九五九年——第一批沙利度胺小孩出生了。沙利度胺，一种在四十多个国家流通的药物，是用来缓解孕妇晨吐的。但是不久人们发现这药会导致初生婴儿严重畸形，如短肢畸形（也称“海豹肢症”，就是没有手臂和腿的长骨，手和脚紧贴身子）、外耳畸形、眼睛融合缺陷，还有胃肠道的常规孔缺失。

我原来想在新的十年里的第一年写个更美好的故事，但是保罗的眼睛出现了问题。似乎是由巨细胞病毒引起的。医生束手无策。他害怕极了。他要护士用枕头把他闷死算了。医生给他用了硝基安定，说是有助于缓解他的“急性焦虑症”。

“我要离开这里。我讨厌这里。我厌倦了做他们的实验品。我要出去，我要出去，我要出去，我要出去。”

他重复地说了二三十遍。

我手上拿着一张纸：“一九六〇年——安妮·塞克斯顿出版了她的第一本诗集《去精神病院半途而返》。这本诗集以自传式的真实描述，用令人吃惊的意象，讽刺又脆弱的口吻，讲述了她的精神崩溃及恢复过程。此书立刻为她赢得了各方称赞。”我把纸揉成一团。我不再讲罗卡曼迪欧的故事了。我想放弃了。

离开保罗房间时我碰到了牧师。他五十多岁，一头白发梳得整整齐齐。

“哦，你就是保罗的朋友吧。你好吗?”他问道。他的声音很温暖，他的手也是。他的穿着没一点宗教的标志。脖子上没挂十字架，也没有戴教士领。只是手上拿着一本黑皮书。

“很好。”

“艰难的日子，不是吗?”他说道。

“是啊。”

“嗯，我不想耽误你。”他向保罗的房间半转身，“你愿意聊聊吗?”

“先生，我该走了。”

走出医院的时候，我紧张得浑身颤抖。我走到了一条石子路上。很快，脚下的鹅卵石发出的嘎吱嘎吱的声音让我心烦。我使劲地在道上跺脚，冲它喊着。我的腿开始疼了。我跑着离开这条道。来到一面红砖墙边，我停了下来。我背靠着墙，我的手指像是钩子。我跪下，开始挖土，指甲里布满了硬硬的黑泥土。我把脸埋到泥土里，闭上眼睛。我能感觉到泥土传来的凉意，到我的前额，我的头发。我一动不动地躺着。呼吸。我一动不动地躺着。呼吸。我一动不动地躺着。呼吸。

我开车回家，穿过吞噬掉了大部分南安大略省的噩梦般的多伦多的郊区。当我离开保罗的时候，我好像松了口气，这是真话——像是从幽闭恐惧症中解放了出来，全身心的放松——但我也感到了压抑沮丧。和他在一起的时候，我觉得自己是活着的，精彩地活着。离开他，我就好像进入到了一个充斥着物质、琐碎、买卖、粗俗的世界，让我感到麻木、厌倦。我开车回家，穿过这片无止境的噩梦般的郊区。我的脑中只有保罗和罗卡曼迪欧一家。

在保罗的病房房门旁，贴着一张告示："探病者请注意，阿特瑟先生已经双目失明。请你们进房时先自我介绍。"我不能相信自己的眼睛。我走进洗手间，在那待了二十分钟。

当我走进他房间时，保罗躺在床上，等着我。他的眼睛是睁开的，朝着我的方向看着。我紧张极了，都说不出话来。终于我讲得出话来了，但我控制不住自己。

"该——该——该死的，保罗，你瞎了。"

第一次，我控制不住自己，将我的伤心也倾泻于他。就在他面前，我彻底崩溃了。决堤一般，撕心裂肺一般，我无法控制地哭泣着……

我有什么资格要人来安慰，但保罗却安慰了我。

“嘘，嘘，这没”——停顿——“什么”我几乎听不到他的讲话声。“这次轮到”——停顿——“谁了？我们现在写到几几年了？”停顿。“该我了吗？”

该死的！在那一瞬间，我一时意起，编了个绝望的故事。

一九六一年——达格·哈马舍尔德在出使联合国和平任务时，在刚果上空因飞机失事而遇难。

“是。”是保罗唯一说的话。每十二小时他就要注射一次吗啡。

保罗坐着轮椅。今天是玛丽的生日，她收到的礼物就是保罗回家了。保罗被一顶羊绒帽、一条围巾、一件毛衣、一副手套和一条毯子严严实实地包裹住了，他还戴了副黑色的太阳镜；只能看得到他的鼻子和上唇。现在正值十月的小阳春天气。我连夹克衫都还没穿。但他只剩一张皮和一副骨头了。每当轮椅颠簸一次，他的手脚就都会像牵线木偶一样抖一下。

我记得在医院的最后一件事情：我在走廊走着。我注意到在一间病房的一张床头桌上放的一件小饰物。那是一件闪亮的粉红色瓷器，一只手托着一颗鲜红的心。为什么有关死亡的事物都如此糟糕？

保罗很清醒。他仰面躺在床上。能回家让他很高兴，他再也不想回医院去。他隔壁的房间已安排一个护士住着，一天二十四小时看护着。

“我要”——停顿——“再写一个故事。”他低声对我说。

“我们写到一九六二年了。”

“不。”停顿。“这一年你来写。我想”——停顿——“写另一年。”

“好的，你想写哪年？要不要我帮你找点资料？”

“不用。”停顿。“我要写”——停顿——“二〇〇一年。”停顿。“那样到时候”——停顿——“就有一百个”——停顿——“罗卡曼迪欧家的故事了。”

“好主意，保罗。”

“是啊。”

他睡着了，或许是失去了意识，我不知道是哪种情况。他会时不时醒来又睡去。我已经准备好了一九六二年的故事。这个故事建立在蕾切尔·卡森的《寂静的春天》的基础之上。此书揭露了化学杀虫剂存在的威胁以及其对环境造成的严重危害。

我哼着甲壳虫乐队的《借着朋友们的一点帮助》的曲调，走进保罗的房间。甲壳虫保罗正蜷缩地侧躺着，两腿夹着一个枕头。一直忠心耿耿的甲壳虫乔治趴在他床边的地上。

“二○○一年的故事想好了吗?”我问他。

“还没呢。”

我能说什么？我只能等。听着甲壳虫乐队的《钻石天空下的露西》，他睡着了。

我放了一支钢笔和一沓纸在床上，就在他的手边。

今天是《生命的最后一天》。他睡着了。

死亡有气味。它弥漫着整幢房子。

“保罗?”

“我还在”——停顿——“构思。”

杰克给我买了件麻质衬衫。几天前我给了他三岛由纪夫的系列小说——二手的——《丰饶之海》，他正好借机感谢我。保罗生病以来他已经改变了很多。他给自己请了个长假，听他现在谈论起他的工作，我都无法想象他回去工作过。他的脑子，他的心已经转移到别的事情上了。但是他仍然很不稳定，还是有太多的焦虑。他问我以后打算干什么。我含糊其词，说我会去旅游，然后再回到学校上学。我担心的不是我的将来——我担心的是他的将来。

“保罗？”

“还”——停顿——“没。”

我牵着乔治·H去散步。我喜欢遛狗。因为这让漫无目的的走路有了意义。我无法忍受有些人把宠物当人一样养，但却又禁不住地发现自己会跟这个脑袋只有柠檬大小的小动物说话。它看起来不像平常一样那么精力十足。尾巴耷拉着，呼吸也有气无力的。我想它可能在减肥吧。我拿了根木棍在它面前晃了晃，然后扔掉。它看着木棍在空中划过，一动不动。到家的时候，我问玛丽，乔治·H怎么会那么有气无力。她看着它。

“它吃得不多。”她拿了点吃的。“乔治·H，”她命令道，看着它乌黑明亮的眼睛说，“家里有一个病人就够了。”她把吃的扔给它。“快吃！”它三心二意地吃着。我笑了笑。走到地下室，我哭了。

“保罗？”

“我已经”——停顿——“想好了。”停顿。“但要以后讲给你听。”

唱机里放着甲壳虫乐队《为了凯特先生》。我听着音乐。音乐又开始重新放。脉搏：一百六十，血压六十/三十。他处于弥留之际。他睡着了。

乔治·H喜欢趴在床上，紧靠着保罗，还小心翼翼地不挡住他的道。它呜呜叫着。我注意到保罗的嘴巴和鼻孔微微有点蓝。我问护士怎么回事。

"发绀，血液缺氧。"她告诉我。

"这就意味着卡氏肺囊虫肺炎复发？"

她点点头。

天哪。一切又要重新开始。循环的结果只有延长了的痛苦，毫无他用。

我注意到那沓纸上上草草地写着什么，但又看不懂。

他太虚弱了，已经不能动，不能讲话了。他就这么躺在那儿，眼睛偶尔眨一下。三小时前他注射过吗啡。

"保罗？保罗，是我。"

他眨了眨眼。

我的眼睛平视着他的耳朵，所以我摸了摸他的耳朵。我用拇指和食指揉揉他的耳垂。他似乎喜欢我那么做。我拿了棉花棒帮他清洁耳朵。先是外面，然后非常小心地擦里面。掏出了一点黄黄的耳垢。他的嘴巴颤抖地笑了一下。

“别担心，”我轻声说道，“不会很久的。”

他动了动嘴唇想要说话。但他没有力气发音。他挣扎着。

“二。”他勉勉强强说出了一个字。

二，他肯定是想说二〇〇一年。

一连六天，我每天都去看他。有时他会醒过来——有一次玛丽甚至看到他坐了起来——还能讲点话，但我在时从没碰到过这种情况。我问他有没有什么话要对我说，但是没有。

就在早上三点之前，乔治·H打破了沉默。在保罗床边的沙发上睡着了的玛丽立即醒来了。在一小时前刚检查过保罗的那位护士也在几秒钟内立马过来了。杰克和詹妮弗也马上过来了。乔治·H横跨在保罗的身体上，尾巴直立着，背上的毛都竖起来了，龇牙咧嘴地猛叫着，像从来没叫过一样。

本来这该是罗卡曼迪欧家族的第六十三个故事了。那年肯尼迪总统被刺杀，人民在街上为他哭泣。那年我出生了。

我从电话里得知了这个消息。每个字分开来都很普通，但连在一起让我震惊得喘不过气来。我立马冲到他家。

我坐在大厅里，就在他的房间外。一切都很安静。有人拍了拍我的肩膀，是那个护士。一个友好、能干、五十多岁的女人。她在我旁边坐下。

“对你男朋友的死我感到很抱歉。”

我没有反应。

“他昨天晚上十点左右醒来。我们聊了一两分钟，他让我替他写几句话给你。字迹可能不是很清楚。但是我想我大概都记下来了。”

她交给我一张叠得整整齐齐的纸。

出于某种原因，她的字迹让我惊了一下。漂亮的工整的圆体字，一笔一画都很清楚。惊人的清晰。上帝啊，拿她的字与我的字一对照，我的字就显得太草太乱了。

“你能保守这个秘密吗？”我问她。

“当然。”

她站起来。低头看了看我。一阵沉默。

然后，她用手指捋了捋我的头发。

“你这可怜的孩子。”她说。

二〇〇一年——在长达四十九年的统治之后，伊丽莎白女王二世与世长辞。她的统治见证了一个经历着惊人的工业扩张和渐增的物质繁荣的时代。第二个伊丽莎白时代以其炫目梦幻般的方式，成为了最幸福的时代。

对不起，我只能写到这里了。故事就归你了。

保罗

听美国作曲家约翰·莫顿
搭配一把不和谐小提琴的列兵
唐纳德·J. 兰金弦乐协奏曲

当时我青春年少（现在我也血气方刚：只有二十五岁——那是去年十月，即一九八八年十月），南下华盛顿哥伦比亚区，去看望我高中时的一位老友，之前我还没有去过美国。我的这位朋友在普华会计师事务所的管理咨询部门就职，该部门受理航空业务。他头脑聪明——他曾就读于哈佛大学约翰·F. 肯尼迪政府学院——如今日进斗金。但问题在于，那天他工作繁忙，而天气阳光明媚，风和日丽，于是只能我去华盛顿看他了。我走访了该市的公共区域，那儿，高楼大厦林立，占据了整个城市街区，还有单独的邮编；那儿，你必须走啊走，走啊走，一直走到你看见了纪念碑式的入口；那儿，甚至连茵茵绿草都在诉说着自信，因为，一个只有对自己的价值充满高度自信的国家才会在其心脏地带拥有如此广袤无垠的草坪；那儿，有许许多多令人叹为观止的景致。

后来我更加深入其间——也许有人会说，我这是在冒生命之险。在随后的几天中，我潜入了这座城市的私密区域，那些从不示人的区域。我穿梭在毫无显赫历史的街道中，辗转于胡同小巷里。我光顾街角的小店和邋遢的小饭店，我审视着一家家店面和涂鸦下面的一块块公车挡风玻璃，一个个报亭和一张张电线杆上的广告，一幢幢木屋和一间间荒废的庭院，一幅幅涂鸦和涂鸦下面的一堆堆垃圾，一条条破裂的人行道和晾在窗口的一件件衣服。我跟一个无家可归的人谈论政治。他坐在公园的长凳上，旁边放着一辆购物车，购物车里装着他所有的家当。我眺望着国会大厦的圆顶——它看起来就好像是一个飘在空中的热气球——这时我看见了一只死老鼠。我发觉一切都是那么有趣，因为一切都是华盛顿的一部分，而华盛顿对我来说是一个全新而陌生的世界。对于这样一个丰盈富庶、显赫强盛的城市而言——从某种程度上说，它是世界首都啊——它也有许多破败之地。在这些地区，粉饰和修缮被一味地推延至明日，恰如人们推三阻四，不肯锻炼，不肯吃好一点。

一天下午，正当我走路回家时，一块牌子吸引了我的眼球。一家商店的窗户上印有弧形字样：**美瑞都剧院**。其中有几个字母已被刮擦掉，只剩下隐隐的轮廓。窗户左角边的底部是一个红白相间的扁平小字标：**美尔理发店**。透过窗户，在这曾经也许是剧院一部分的地方，还能看见两把理发座椅。一位黑人正坐在椅子上，而另一位黑人——是美尔吗？——正在理发。美瑞都剧院仿佛已不复存在。但是在门的右边有一个小小的陈列橱，里面有一张纸。这是生活的迹象吗？我凑近了身子。

美瑞都剧院专场音乐会

马里兰州越战老兵

巴罗克室内乐乐团

献演

阿尔比诺尼、巴赫、泰勒曼

世界首演

约翰·莫顿：

列兵唐纳德·J. 兰金弦乐协奏曲搭配一把不和谐小提琴

一九八八年十一月十五日　星期四　晚上八点整

老少皆宜　欢迎光临！

门口售票：仅需十元

正好是在明晚。

太好了。可以探究华盛顿的另一面了。这是它脑海中的另一场回旋曲，这是它的另一间心房。倒不是我对越南战争特别感兴趣。这是一场外域之战，一次美国的创伤。我曾看过相关的电影纪录片，读过那篇长篇怪文，知道它把林登·约翰逊总统拉下了马——但对我来说它依然是一种传言，就像遥远的第二次世界大战，如今只成了色彩艳丽的宣传图像和英雄巨片。我也不是因为低价才想去的。只要我想听的话，任何时候都可以在立体声唱机上听巴赫。吸引我去美瑞都剧院听这场演奏会的是身临其境的灵感，是躬逢其盛的意愿，而不是古典音乐晚会本身。尽管兰金协奏曲——无论是用一把还是几把不和谐小提琴——确实引人入胜。我要问问我朋友他是否想去。我到这儿以后都还没见过他呢。

可是，普华会计师事务所将与得克萨斯航空联盟敲定一笔业务，而纽约市出其意料地早早就对普华事务所的提议做出回应，欲在肯尼迪和拉瓜迪亚国际机场展开工作。

我朋友实在太忙了。

于是，第二天晚上，大约七点五十五分，我独自一人来到了美瑞都剧院门前。我推了推门，它打开了。我的左边，是美尔理发店的大门。正前方是一条走廊，在尽头可以看见一张纸粘在墙上。我走过走廊，经过几扇关闭的门。纸上写着：**请走这边**。纸上的箭头指向门的左边。我走了过去。

我发现自己置身于剧院的大厅里。我的右边是一组玻璃双门——通往剧院的主入口。我猜这些门和我刚走过的那条街是垂直的，但是我也说不准：因为这些双门全都用木板钉上了，有些玻璃嵌板已经坏了。门边靠着一卷卷起来的长长的地毯。我注意到了大厅那头的售票处；窗户是灰色的，上面有灰尘。事实上，大厅的绝大部分都灰蒙蒙的，落满了尘埃。确凿无误的是，剧院已经关门歇业，几成荒废，而我是从后门进来的，那儿曾是办公场所。可是灯还亮着，门也没有上锁，所以我确信自己并没有搞错音乐会的时间和地点。我往前走了几步，随即便注意到了放在一根大柱子旁边的桌子。桌子后面坐着两个男人，一个是黑人，另一个是白人，坐在轮椅上。他俩都看着我。当时我的脑海中就蹦出了“擅闯禁地”四个字。

“你好。这儿今晚有个音乐会，是不是？”

“是的。”那黑人回答说。

“哦，好极了。”我挨向桌子，说道，“我要买一张票。”

“十元。”

我掏出十美元给了坐在轮椅上的白人。他把钞票放进他前面的香烟盒里，小心翼翼地把它抚平，跟其他钞票放在一起，然后给我一张节目单。

“我是不是来得太早了？”

“不，你来得正是时候，”黑人答道，“拿把椅子，请随便坐。”

他随意地挥了手，把我的注意力导向一堆橘黄色塑料折叠椅子。我走了过去，挑选了一把，可是我不知道该坐在哪里。难道这音乐会要在露天开吗？或者在停车场？幸好天气足够暖和。

“那边请。”这次他指着大厅后面的门对我说。

“谢谢。”

走近门时，我环顾四周。

“正在整修吗？”我问道。

“请再说一遍好吗？”

“我是说，他们在装修剧院，是吗？”

“不，他们是在拆呢。”

“哦，原来如此。”

我推开门，走进剧院，心想，这个退伍军人乐团搞得还真够隐蔽的嘛。我攀爬了几级楼梯。

门在我身后来回摇晃着。我僵直地站在那儿，惊呆了。这人说得对，他们确实在拆房。眼前有许多细节需要消化。这显然是一家大剧院，包厢以及其他设施气势非凡。不过先说说最为实在的细节：整座剧院没有一个固定的座位。每排座位都已经损坏，毁破的椅子没有得到维修。这情形就似第一次世界大战后的一片狼藉：弯倒的一排排座位之间都铺着暗灰绿色的地毯——像是法国战场——被千疮百孔的水泥块碎石和生锈的门栓堆积的过道——犹如一个个战壕。空气中弥漫着发霉的味道，这气味无疑来自黄棕色、黑条形的细密污斑，这些霉菌覆盖在墙上，看上去就像一幅幅追溯“黑死病”传播踪迹的巨型中世纪地图。而在我对面的墙角处，在维米岭战场的战壕外，在中世纪瘟疫肆虐的城镇下，古希腊遗迹几乎延展这整堵墙垣：一大堆破破烂烂的仿古石膏雕像。手臂，腿，头，躯干和背甲——这简直是对众神的屠宰。

我悄然潜入了这片文明的废墟。这里大约有一百五十名观众，大部分是男性。有几个还坐着轮椅。有个人还带了一只狗，一只德国牧羊犬。人们在窃窃私语。我好像是唯一独自前来的人。我给自己找了个空位，用脚推开水泥块，把椅子放了下来。我注视了一下舞台，它已经打扫过了，而且灯光闪烁。中央发光的是十二个月牙形的橙色座位和十二个乐谱架，正中间放着第十三个乐谱架。至少艺术应该有一个干净整洁的空间。我看了看节目单。

左边：

托马索·阿尔比诺尼：

降B调协奏曲，作品第九号第一首

G小调协奏曲，作品第十号第八首

约翰·塞巴斯蒂安·巴赫：

降B大调第六号协奏曲

A小调协奏曲；D小调协奏曲

乔治·菲利普·泰勒曼：

G大调协奏曲

幕间休息

约翰·莫顿：

列兵唐纳德·J. 兰金弦乐协奏曲搭配一把不和谐小提琴

（世界首演）

右边：

马里兰州

越战老兵

巴洛克室内乐乐团成员：

斯塔福德·威廉斯；指挥

乔·斯图尔特；首席小提琴手

弗雷德·布赖登、彼得·戴维斯、兰迪·邓肯、

兹比格·科柯斯基、约翰·莫顿、卡尔文·佩特森；小提琴手

斯坦·（劳莱）·麦基、杰姆·斯科特福德；中提琴手

兰斯·古斯塔夫森、路易吉·莫迪塞利；大提琴手

卢克·史密斯；低音提琴手

特别致谢：

法夫、杰夫、马文、法兰奇；

唐·比奇以及摩罗山庄初中音乐部；

华盛顿市市长办公室；

神奇马文；

尤其是

节目单的背面是一则推销神奇马文比萨饼店的广告。

这么说来，兰金协奏曲的作曲者是乐团成员之一。看来我得去神奇马文比萨饼店看看。我把节目单折好，放入胸前的口袋，再一次环顾美瑞都剧院，沉浸在惊叹之中。

八点一刻，售票窗口里的那两个男人进来了。一个坐着轮椅来到前方，装现金的盒子放在膝盖上，另一个坐在门边。一个脑袋从舞台的一角匆匆地探了一下。过了一会儿，灯光熄灭了，只有舞台上的灯依然亮着。

十三位身着小礼服的人——其中十二人手持乐器——步上舞台。顷刻间，欢呼呐喊声四起，仿佛我们在观看一场体育赛事。表演者面带笑容，微微鞠躬，相继落座，只有威廉斯除外。我试图分辨出哪个是约翰·莫顿。小提琴手都坐在左边。我推想，乔·斯图尔特作为首席小提琴手占据第一席位。好，那么这些小提琴手是按照姓氏字母顺序，还是按照某种等级高低就座的呢？如果是按照前者，那么约翰·莫顿就是那个四十多岁的白人，身材略胖，脸部也胖嘟嘟的，乌黑、顺滑的长发卷到发梢，是六号小提琴手。

乐手们调了调乐架和乐器。斯塔福德·威廉斯转身面向观众。他是一位卓而不凡的黑人。他用低沉的嗓音说道："华盛顿哥伦比亚特区消防队长嘱咐我告诉诸位，演出过程中禁止吸烟。这一授权……"

"你的意思是，我们不能和玛丽·简跳华尔兹?"人群中有人大声喧哗。

大伙都笑了。"是的，对极了。"威廉斯说着便扬起双手。观众们立刻安静下来。"阿尔比诺尼降 B 调协奏曲。"他宣布道。

然后他转过身，扬起右手。霎时弓上弦梢。

片刻的停顿。

他手落音起，声声灌耳。

浩大的音量把我惊得目瞪口呆。前一秒，美瑞都剧院仿佛坍塌倾坯，鸦雀无声。后一秒，一阵阵音乐巨浪铺天而过，这剧院宛似一个空空的肺脏，突然间注满了新鲜空气。某种无形之物——它蜿蜒滑行，而且，啊，何等地令人陶醉——围绕着我们，占据了整个空间，甚至直抵每一个裂缝隙口。我敢肯定，此地的每一只老鼠和蟑螂也都被惊呆了。而这一切均由那些棕色的小东西所创造。

我领略着这谐和共鸣：琴弓在齐刷刷地拉动；一只只手在指板上上下游动，就像众多蜘蛛在忙着织网；威廉斯的一招一式转化成了相应的音乐；斯图尔特一马当先，其他人紧紧相随。如此精明干练，如此灵活敏捷——他们是何以为之的呢？双手有那样的本事，这意味着什么呢？

阿尔比诺尼降 B 调协奏曲分成三部分。我对音乐一无所知，所以不能恰如其分地描述它，但第一部分很活泼，像一支舞曲。我可以想象一对舞伴穿着华丽舞衣在舞池中转圈飞舞。旋律跌宕起伏，抑扬顿挫，而后又回旋，又上下起伏，最后戛然而止。音符欢快地跳跃着。而第二部分的旋律更像是一条正规庄严的直线，节奏缓慢，但是音调有所上扬，越来越雄壮，仿佛这直线一直沿着高高的山脊向上，山顶的空气稀薄而寒冷。第三部分与第一部分类似，虽然节奏相对慢了些，但还是不乏跌宕起伏和回旋上升的变化。

音乐，多么奇妙啊。起伏不定的心绪终于平静了下来。不必追悔过去，无须担忧未来，不再狂乱地编织言语和思想。只有美丽、激荡的真空。声音——它通过旋律、节奏、和声和复调变得悦耳、易懂——成了我们的思想。此时此刻，嘟哝哝的语言和干巴巴的符号被人们抛置脑后。音乐，犹如一只鸟儿对喧嚣和沉闷的言语做出的回应，它把人们的思想引入了一个兴奋活跃的无语境界。

在演奏降B调协奏曲时，我的脑海里只有音乐，没有任何的言辞，只想沉浸在欢快、起伏的音乐中……

演奏一完毕，台下掌声、欢呼声骤起。马里兰州老兵乐团成员们一个个起身，向台下听众鞠躬，然后，又重新坐下。威廉斯双手上下拨动，音乐又一次响起。这次演奏的是阿尔比诺尼G小调协奏曲。

我已记不大清楚演奏了什么内容，只知道音乐同样震撼人心。说实在的，那时我的思绪已经开始漫游……脑海里开始涌现出一些支离破碎的文字，使我不由自主地想起了得克萨斯航空公司的一些事情。我的朋友曾向我透露过它复杂的内幕。它的基地在休斯敦，现任总裁是一位名叫富兰克·洛伦佐的人。其实它本身并不是一家航空公司——我的朋友称之为“控股公司”——不过它却拥有两家航空公司：美国东方航空公司和美国大陆航空公司。基地设在迈阿密的东方航空公司，似乎正面临着严重的财政困难，与其三大工会卷入了工资、劳动条件和退休福利的纠纷之中，而且还在持续地流失顾客。因此，为了开源节流，得克萨斯航空公司欲通过倒卖公司资产，削减员工数量，减少飞行航线等方法来瘦身。比如，公司已经以三亿六千五百万美元的价格把有利可图的纽约—波士顿航线和纽约—华盛顿航线转让给了唐纳德·特朗普公司。然而，三大工会却声称这一举措简直是——这时，鼓掌声和欢呼声响起。G小调协奏曲演奏完毕。

马里兰州老兵乐团成员们又一次起立，鞠躬，离开舞台，重新上台，回到原座。威廉斯的手又一次吸引了观众的注意力，音乐又一次奔泻而来。我拿出节目单，借着舞台灯光，看了起来，原来是巴赫的降B大调第六号协奏曲。第一部分由中提琴手麦基和斯科特福德领衔，他们演奏这种摇摇摆摆、盘旋向上的旋律，仿佛是两名登山者用绳子相互缠绕，一起往上攀登：麦基推进曲子，斯科特福德迎头赶上，并且超过他，而麦基又加倍努力，奋勇向前，如此等等……其他乐器奏着背景音乐——那种晚会上可以让两人更加亲近的音乐。然而，在我听来，协奏曲的第二部分显得拖沓冗长，我又一次走神了。

三大工会却声称这一举措简直是一场骗局。兜售穿梭航线，要求减薪，无非是得克萨斯航空公司想通过破产而搞垮东方航空这一计划的一部分，借此它就可以违约削酬，把公司重建为一个非工会性质的承运公司。这完全是洛伦佐一九八三年对美国大陆航空公司所做的翻版。这是一场旷日持久的纠纷，打得异常激烈，就像一场真正的大战，闹得人尽皆知，对东方航空没有任何好处。据旅行社通报，有些顾客不再愿意乘坐东方航空的班机出行，即使它的航班最为方便。假如这一纠纷再持续下去（某些分析家认为要持续几个月），这家航空公司可能不再——又迸发出一阵鼓掌声。第六号协奏曲已悄然结束。接下来的是 A 小调协奏曲。我记得斯图尔特忙得不亦乐乎。

这一切乱糟糟的。普华会计师事务所希望与这些工会达成协议，所以每天晚上，我的朋友回家都带上一大堆文件，一直工作到凌晨两点。中间休息时，他也会告诉我一些进展——洛伦佐的最新动向，某位法官的裁决，美国劳工联合会—产业工会联合会发出的威胁等等——而我也会告诉他我这一整天的去向和所见所闻。

美瑞都。美瑞都是何许人也？我很纳闷。是从俄国人手中买下阿拉斯加州的那位国务卿吗？不，他叫西华德。当年它被称之为“西华德的愚行”，跟美瑞都无关。

我环顾剧院。五天前我还在罗伊顿大学城，日子过得不太痛快，但也不是特别郁闷，只是不知道该如何应对人生。而今，转眼间，我却来到了华盛顿哥伦比亚特区，坐在一家颇似贝鲁特的剧院里听越战老兵演奏巴赫。经过若干次中断后，我得于一月份重返校园，拿下我的哲学学士学位。可是往后呢？我该干什么呢？该何去何从呢？我考虑过众多的职业选择，可是我到底想要从事什么工作呢？

这时，A 小调结束了。我看了看节目单。现在该演奏 D 小调了。虽然它有用小提琴演奏的部分，非常优雅动听，但我还是情不自禁地遐想起来。再看了眼节目单，突然发现马里兰州乐团在作曲家和协奏曲之间用的是冒号，而在乐师和其角色或乐器之间用的却是分号。这使我想起了约瑟夫·康拉德。康拉德对标点符号的运用总是独具匠心。有个例子我永远无法忘却。那是他在处女作——《奥迈耶的痴梦》——里的一个例子。奥迈耶在马来群岛荒凉、遥远、孤避的一角劳作了整整二十年。他厌恶那个地方，一直都十分厌恶，但是他依旧坚守在那里，这一切都是为了他那美丽动人的混血儿千金妮娜。为了她，他要腰缠满贯，荣归欧洲。正如他所言，“我想要看到白人都拜倒在你的美貌和财富之下。”然而，他时运不佳，在马来群岛的二十年里除了失意、羞辱和穷困，他简直一无所有。最后，妮娜——她这一生只知道这片热带土地并在此活得欢欢喜喜——全然不顾父亲的反对，执意要嫁给她的马来情人戴恩，而绝对不去欧洲，这就成了压垮他的最后一根稻草。他被击倒了。他失去了一切。他二十多年的不懈努力全然落空。他身败名裂，一无所有了。可他心有不甘啊。怎么会落得这样的下场呢？奥迈耶老是觉得自己的愿望差点就实现了。幸运、成功、荣耀——差点到手，差点啊，可是出了点小差错，碰上了小厄运：

> 他看着女儿专注的脸庞，突然间一跃而起，碰翻了椅子。
>
> “你听见了吗？所有这一切；哎；我唾手可得。”

上句话中的两个分号用得多么地传神。这个句子结构堪称完美：首尾各五个字，中间一个字，就像一架天平，中间那个字就像天平的支点，承载着两端的所有重量和张力。一位平庸的作家也许只会用逗号或者破折号来包围那支点，然而这两个分号在分离了前后两个半句的同时，并没有使中间的成分成为一种插入成分，这就给“哎”字以真正的冲击力。两个分号的下半部蜷曲着，就像两只一筹莫展的手伸出的手指，上半部宛若绝望的双眼怒目而视，而居于其间的“哎”字痛苦地叫喊着，感喟二十年的时光无可奈何花落去。这一句的标点可谓从容斟酌，刚劲有力，酣畅淋漓，无愧于出自一位大师之手。

终于，D小调也收尾了。看来这场音乐会无休无止。我看了看时间，才晚上九点三十三分。幕间休息之前还有泰勒曼的作品。这时我想临阵离开了，但最后还是说服自己留了下来。好了好了，我想，下一个协奏曲的作曲家就在现场，就在你的面前。“不和谐”小提琴是什么样的呢？说不定会很精彩呢。我记得自己在蒙特利尔听过一位荷兰小提琴家的演奏，入耳的纯然是一片噪音，冗长的单音调混杂在一起，然后被摇头晃脑的尖叫声和疯狂的乐器弹拨声所打断。根本没有什么节奏或韵律可言，只有对感官的狂轰滥炸，逼得若干观众夺路而逃。可我喜欢。充满生机啊。我还记得在罗伊顿看到了那位乌克兰裔加拿大作曲家。他演奏了他所谓的“连绵之音”。他的手指像上下起伏的波浪在琴键上翻滚，旋律悠扬舒缓，令人如痴如醉。是的，这一兰金协奏曲也会很精彩的。就是嘛，我无论如何不会错过的。

泰勒曼的第二部分激情四溢，我已沉醉其中。最后，这一曲目在一阵嘹亮的小号声中结束，顿时掌声、口哨声和哄叫声四起。演奏人员数度鞠躬致意，然后带着乐器离开舞台。灯光大亮。

终于啊，到了幕间休息时间。

突然，一阵叫卖声吓了我一跳。**“我有米克劳（Michelob），我有老密尔沃基（Old Milwaukee），我有科罗娜（Corona），我有孤星（Lone Star）。”**原来是门口那老头。他已摆出了五个蓝色冷藏箱，他那管收钱的老友随即转着轮椅赶了过去，停在冷藏箱的后面。两人开始卖起了啤酒。我以加拿大人的思维方式，不禁自问：“这个合法吗？”我站起身来，伸伸双脚。我走过舞台边缘的“战壕”，看了看墙面上那一特别生动的霉斑。它看上去很像中世纪的一个城镇。我纳闷自己是否会看到一条“居民臭虫”在街上到处爬行，这条可怜虫对自己腋窝下那些稀奇古怪的隆凸和今天早晨开始的发烧忧心忡忡。难道他们没有说“黑死病”要了中世纪的欧洲三分之一的人的命吗？我伸出手去碰那堵墙壁，墙纸已腐烂不堪，我可以一条条扯下来了。

我俯视着墙角下几尊破旧的雕塑时，发现了雅典娜戴着头盔的头颅。这几尊雕塑中，我只认识她。其余的都是寂寂无名的希腊男女，象征着肉体的完美无瑕。头部、四肢和躯干各各分离——边缘尖利，外露的石膏十分粗糙——这就给它们的美丽抹上了一层撕心裂肺的色泽。我弯下身子，把一个头转了过来。原本茫然空洞的目光，如今有了斯多葛派的格调，真是惨烈至极。我不由自主地想把这些雕塑一一重新整合。

听众们成群结队地站在那儿谈天说地，我感觉自己就像个不请自来的宾客。于是，我回到了自己的座位上，坐下，沉浸在细碎的遐想中。

大约四十分钟之后，我有了异样的感觉：我发觉空气中弥漫着紧张的气氛。这时大家已各就各位，停止了交谈。我看到每个人的脸上都挂着严肃的神情。顿时我恍然大悟：阿尔比诺尼、巴赫和泰勒曼——他们无非是供人消遣时间而已，兰金协奏曲才是重头戏，大家都是冲着它来的。

灯光熄灭。

斯塔福德·威廉斯走上舞台，其他乐师尾随而至。我可以听到地板吱嘎吱嘎作响。十一位乐师纷纷入座，两位依然站立。节目单按字母排列一说是正确的：正如我所料，约翰·莫顿正是其人。他走向威廉斯，对他轻言耳语了几句。威廉斯点了点头。莫顿站在乐队指挥的左边。他举起小提琴，放在自己的肩上，侧着头把它安顿好，再用手指轻轻弹拨指板，然后抬起右手把琴弓架在琴弦上。我的脑海中掠过一幅画面：罗马梵蒂冈西斯廷教堂，《创造亚当》

那幅画，上帝之手伸向亚当那一幕——指尖产生了惊心动魄的罅隙。莫顿向威廉斯投以会意的一瞥。威廉斯右手向上一扬，其他人齐刷刷地拉弓入位。莫顿的目光落在他的右手上。手缓缓落下——我该怎么描述我的所闻呢？

假如音乐有颜色的话，那么今晚这剧院就成了色彩斑斓的万花筒。从低音提琴中倾泻而出的是忧郁的蓝色，从中提琴和大提琴中流淌而出的是蓝色和绿色，从小提琴声中潺潺而出的是黄色和橘色——这一切我都可以一一加以描述，尤其是从莫顿的小提琴中幽幽呜咽的红色和黑色。假如音乐有颜色，而我是一条变色龙，我就会不停地变色，我就会染上兰金协奏曲的斑斓色彩，永不磨灭。

就算不用眼睛，我同样可以描述出这音乐。除了舞台，一无可见。剧院的腐朽和颓败隐而不见了。观众消失了。这里只有舞台，那舞台上只有约翰·莫顿。突然间我仿佛看见一个丑陋之人变成了英俊小生。这个丑陋之人一副暴眼猪脸的模样，滚圆滚圆的大腹紧顶着他那租来的无尾礼服。而这位英俊小生却身体扭曲，面目变形，浑身哆嗦。这英俊小生是个失败者。我目睹丑陋变成磨难又变成美丽。

兰金协奏曲并不长，还不足十分钟，而且他们的演奏也不完全到位，也没有如期演毕，然而就在这寥寥数分钟间，我那由荒废、苦难和无聊构成的人生被席卷而去——拨云见日——而我见证了崇高。

它以一场“宫廷舞”正式拉开序幕。我们不妨想象吧，舞者翩翩起舞，舞步缓慢而精准，每位都知道下一步该怎么跳，舞伴会怎么配合。可是，旋律迅即翻腾跳跃，变得轻快又活泼，它如行云流水，我几乎可以预测，可以想象：倘若它没有完成而交由本人来处理，我定会不负所望。过了一会儿，协奏曲开始呈紧密的螺旋式往上攀升，直抵高音，并且久久地在这音阶停留，徘徊回荡，颇像中国杂技表演中一根棒子的顶端撑起盘子在空中旋转。突然间，它从这高度上又呼地降至原先的轻快旋律，就像春潮泻涌而下，轰轰隆隆，恣意奔放，纵情不羁。

莫顿领衔演奏了大部分乐曲。他会常常独辟蹊径，奏出缕缕主打音符。这时，乐团合奏会紧追不舍，增强响度，重复这些乐音。在悠扬的旋律中，莫顿的左手在指板上跳跃、颤动，而他的琴弓在疯狂地上下、来回摆动。可是从一开始，他就频频出错。我必须讲清楚这点，这是很重要的：兰金协奏曲演奏得比较糟糕。即使是我这双未经训练的耳朵，也可以听出有些乐音被弄错了或演奏得不到位，或者由于莫顿无法保持而慢了下来。然而，这并没有让听众心猿意马。恰恰相反呢。兰金协奏曲的魔力正是通过莫顿的笨拙表演得以充分表达。他那每一个错误的乐音都暗示着坚不可摧的完美，他的每一阵颤抖都是一种心灵的释放。这种音乐我前所未闻啊。这儿没有机器人似的完美无瑕。它像“朋克”摇滚，像杰克逊·波洛克，像杰克·凯鲁亚克，是绚烂绮丽和宣泄过失的糅合。这是真正的人类之声。

音乐开始慢了下来。中提琴和大提琴手拉出平稳的蓝调乐音。就像莫顿一样，整首协奏曲似乎正在喘息。莫顿用左手擦了擦他的短外套，舔了下嘴唇。他的表情有点紧张。

乐团又开始振奋起来，拉起了深沉、悠扬的低音。

莫顿又开始演奏。在此，对我而言，语言已经派不上用场。也许有专门的术语可精确地描述莫顿此刻的所为，然而，即使有，我也不得而知。在音乐学的术语中，人们怎么描述我的灵魂已经被音乐拽出躯体，被抛入高高的空中，被颠来簸去？人们怎么说我与这些乐音的起伏同呼吸，共生存？这些乐音旋转、踌躇，一忽儿颤颤而语，仿佛要隐隐而退，一忽儿像猛虎将爪抓向空中，每一抓无论是瑕疵百出，还是完美无瑕，都是那么既沁人心脾，又叫人黯然神伤。它们到底是些什么样的乐音啊？什么样的乐音既使人昂扬，又令人消沉，既催人升华，又逼人沮丧？

就在这既欣喜又痛苦之中传来了那不和谐小提琴声。但它持续了不到三十秒钟。此时此刻，乐队正在演奏蓝色、绿色和橘色中音，莫顿突然开始用高昂的红色和低沉的黑色音调在其间上下攀降。如果声音可以传情，那么这就是例证。汹涌的情感就这样变得可闻，情愫就这样从深深的感知被转化成听觉又再回归到深深的感知。而在那一刻，我的所感，我被深深打动的情感，乃是无比的悲戚，令人颤动、无以复加的悲戚。就在这寥寥数秒钟内，我被抛入了痛苦的深渊。

不和谐小提琴音戛然而止，乐队突然峰回路转，奏出了统一的振荡音。小提琴停得出人意料，仿佛想突然重获宁静。可是莫顿却全然失去了冷静——他连连犯错——最后，他干脆彻底放弃，停止了演奏。他站在那儿，径自低着脸，双手垂在腰间，小提琴和琴弓交叉着握在左手。尽管威廉斯想力挽狂澜，稳住局面，无奈其他的演奏人员也随即失控。虽然音乐依然在隐隐奏响，但它已开始游离偏道，最后就完全迷途了。整个剧院充斥着灰色调的杂乱的乐音。乐师们一一放弃挣扎，只有首席小提琴手斯图尔特坚持到了最后。寂静顿然而至。

此刻，我感觉自己仿佛被释放了，仿佛跌回了自己的座位。我的心在剧烈地跳动着，不停地喘着粗气。我想把手伸向他，伸向莫顿。它就在那儿，我看见了，也感觉到了：美轮美奂，震撼无比。

四周依然一片静谧，没有任何掌声，情感在万物之上流动。我发觉，假如我碰触墙壁或地板，它们就会震颤不已。

剧院的灯都亮了起来，我却纹丝不动。阻碍我前行的人生之墙被推倒了，我感受到了一种异乎寻常的自由，我感觉自己被掏空，被打开，被蜕化。

我听到了各种各样的声音，有急促的呼吸声，椅子中身体的蠕动声，德国牧羊犬的哀号。观众们陆续退场了，大家都悄悄地离开，仿佛置身在教堂。乐师们也一一离开舞台。莫顿第三个退场。

我没有走。我环视四周。美瑞都剧院已变了模样。它不再是一片废墟：它是一座宏伟壮观的殿堂。

检票的黑人走了进来。我是最后一名观众。他开始收起那一把把橙色的椅子，发出很吵的声音。我决定帮他一把。叠好了十五把椅子后，我觉得自己已经赢得了和他交谈的资格，于是对他说：“演出太精彩了！”

“是啊。”他叠了四把椅子后才接口。

我又叠了五把椅子。“他以前录过什么吗？”

“没有。”

又叠了五把。“他还创作过其他作品吗?”

“没有。这是他唯一的一次合演。”

再叠了五把。“他结婚了吗？”

愚蠢透顶的问题。我不知道自己为什么会问这个问题。这是我所问的第一个与音乐无关的问题。他与这世界是一种什么样的关系呢？我一片迷茫。

“他结婚了吗？”他重复道。他第一次看着我。“是的，结婚了。他老婆叫珍妮·沃克。”

我觉得最好放他一马。我最后一次环视剧院。“谢谢。再见。”我说道。他没有回答。我悄然走了出去。

在门口的桌子旁，坐在轮椅上的那个男人正在数钱。他仰起脸，朝我点了点头。我一直等到他把那沓十美元钱数好。

“演出太精彩了。”我说道。

“可不是吗？不过我希望他们已演奏完毕。”他笑着回答。他比刚才那位更友善些。他操着南方口音，音调颇高又有点沙哑，好像喉咙很疼。

“我觉得他们演奏得太棒了。”

“是的，是的，我完全赞同。那样演奏也很棒。”

“他创作了许多其他作品吗？”

“啊，是的，当然啰。但是没有一部像这部这样完整。”

他又开始数五美元的纸币。

“今晚收入不错吧？”

“我们应该有足够的钱付服装费和椅子费了。”

“你们总在这儿演出吗？”

“不，我们通常都在中学礼堂里表演。但因为这一次演奏的是约翰的协奏曲，所以我们决定在一家名副其实的剧院上演。你可知道，这是世界首演啊。”

“我从海报中获知了。你们应该设法把演出录制下来。我是说，它真的是太了不起啦。”

“是啊，我也觉得。但这太难太难了。我们不是职业演奏家，况且古典音乐又不畅销，很难卖。但比利准备再试一下。”

他又开始数一堆散钱了。我听到背后传来一阵清嗓子的声音，便转过身去。

是约翰·莫顿。他穿着宽松的绿色工作裤，上身穿了件很配的 T 恤。一手拿着小提琴盒子，一手拿着塑料袋。我只看到过高高的舞台上的他，而此刻他却活生生地站在我面前——一股敬畏之情油然而生。我站到了一边。

“嗨，法夫。”他说话带有淡淡的美国口音，颇像加拿大口音。法夫停止了数钱。

“嗨，大腕。演奏得太好了，伙计，太好了。”

“我可不这样认为。”约翰回答道。

“你说什么呀？我们俩刚才还在说演得太棒了，是不是？”法夫看着我。

“是的，说得对极了。我从没听过这样棒的演奏。简直是难以置信啊。”

“但我还没有完成呢。我……”

“一点也没关系。”法夫打断了他的话，“这样子就很好了。”

我一个劲地点头。我无法将目光从他那张硕大的脸上移开。

莫顿满腹狐疑地摇摇头。“你可以帮我拿一下这个吗？”他把小提琴盒子放到了桌上后，举起了那个袋子给法夫。袋子上印着一只身穿男士无尾晚礼服的狐狸，狐狸上方写有“男士无尾晚礼服城租赁”的字样。我看了一眼小提琴盒子。我隐隐觉得那里面装着一只棕色的小动物，除非在驯养员的手上，否则它是很危险，很凶悍的。

“当然可以。”法夫拿过袋子，将它打开，“东西都在里面了吗?”

“是的。”

“好。”法夫把袋子放在轮椅边，和其他印有“男士无尾晚礼服城租赁”的袋子放在一起。

“谢谢。呃，我得赶紧走了。”莫顿侧转身，用手捋了捋头发。

“约翰，真的很棒。”法夫重复道。

“比利哪儿去了？”

法夫指了指剧院的门。

“他在那儿干吗？”

“也许在毁坏椅子吧。”

“他觉得怎么样？”

“这么说吧，”法夫拖长音调说道，“观看演出时，我觉得他几乎将我轮椅的右轮都一把拽了下来，因此呢，我猜想他很喜欢。”

“真的?”

“是的，相信我吧，约翰。本来就该这样的嘛——如此美妙，你都无法把它了断啊。”

莫顿点了点头。“那明天见。好吗?”

“好的。”

“好。晚安，法夫。谢谢。”

“明天见，约翰小子。为自己自豪吧！晚上好好睡一觉。”

莫顿再次朝我和他点了点头，然后走开了。我看着他远去。法夫又开始数钱。我敢还是不敢呢？恐怕已经太晚了。不，还不太晚。太晚了吧。还不太晚呢。我突然当机立断：还不太晚。

“我得走了。我觉得它太美妙了——说实在的，这是我一生听过的最棒的音乐会。再见！”

“太好了。多谢。再见！”

我推开门，朝走廊跑去。正当我跑到街上时，我看到莫顿坐在一辆车上，从路边开了出来，朝我的右边驶来。那是辆矩形大车，像拖轮一样发出刺耳的声音。

我毫不犹豫地向它追去。我不知道当时自己在想什么。通常我不会徒步追车（当然也不会驾车追车）。莫顿的车很快就消失在了拐角处。可是幸好一路上有红灯，有慢速拐弯，悠闲驾车，以及名副其实的艰难奔跑，我就像那种对机动车恨之入骨的狗一样，成功追随着莫顿绝尘而去，来到了数英里以外的地方。我不知道，在我全速冲刺的过程中，我经过了何等凶残的四邻街坊。那些看着我飞奔而来的人一个个靠到了墙上。当我来到莫顿停着的那辆车时，他已不见了踪影。我气喘吁吁，一下子瘫倒在路边。我汗流浃背，心在胸口怦怦直跳，两腿发软无力。“天哪，我一无所获，落得如此下场啊。”我气喘吁吁地说。

几分钟后，我感觉好点了，就站了起来，在车子周围走动。他住在哪儿呢？有办法找到他吗？

突然，我发现了他。在街的对面。他正在一家银行里面。银行当然已经关门了——此时已是夜里十一点多了——但有几盏灯还亮着。莫顿正在柜台前面漫步。他推着一辆清洁车，车上有一只敞开的垃圾袋和扫把、刷子、抹布及其他清洁用具。

他是个清洁工。

他把车子推到地板中间，从垃圾袋里摸出一瓶用“洁碧先生”空瓶装的酒。喝了两口后，他拿出一把软软的、平平的橘红色扫把，开始打扫大理石地面。扫毕，他把车靠在柜台上，消失在了右边。

他再次出现时，推了辆很重的地板抛光器，它前面有个大而圆的减震垫子，后面有两个小轮子。他插上电源，开始擦地板。虽然我听不见机器的声音，但我知道它会发出适度的嗡嗡之声。莫顿心平如镜，熟练地慢慢来回操纵着机器。他的动作中似乎透出些许沉思和满意。

我有什么可对他说的呢？无非是表达感激和钦慕罢了。他会误读我的意思吗？会认为我很烦吗？他歇了一会儿，喝了口“洁碧先生”。他醉后是笑容可掬呢，还是丑态百出？

他很快就把全部地板擦干净了。他拔下电源，把电线缠好。

天色已晚，一片漆黑。我必须做出决断了。我大老远跑到这儿来——最坏的结果又能是什么呢？

我穿过街道，拾级走到窗口，敲了敲玻璃。

莫顿转过头，疑惑地看着我。看了一会儿后，他继续忙活起来。

我再次敲了敲玻璃窗。

他再次转过身。我指了指我的右边，银行的前门。

他摊了摊双手，又耸了耸肩。

我把左手放在肩上，抬起右手，做了个空中拉小提琴的手势。

他向窗子靠近了点。我又一次指了指我右边的门，指了指嘴巴和他，示意我想和他说话。

他指了指手腕。你知道几点了吗？

我耸了耸肩。那又怎么样？我再次做出拉小提琴的手势。

他点点头，但是没有移动脚步。

我示意了一下小提琴，然后鼓掌，把自己的手放在心口。太棒了。

他点了点头，站在那儿盯视着我。我正想放弃希望的时候，他指了指他的右边，我的左边。他要我们走到那边。

我们并排往前走，我在人行道处拐弯，他在柜台处拐弯。他朝门走去，并示意我一直走到一排排窗户的尽头。我来到一处玻璃门的外面，这扇门的底部上了釉光。莫顿打开一盏灯时，我看到这扇门通向走廊。他来到了门口。

他审慎地把我上下打量了一番。

我把手指弄湿，写了“兰金”两字，当然在门上看起来是相反的。

他点点头，画了个问号，指了指我。

我打了个感叹号，指了指他。

又看了我几秒钟后，他从口袋里拿出一串沉甸甸的钥匙来。他把一把钥匙插入墙里的一个锁眼中，然后转动了四分之一，打开了门锁。它共有三个闩。门开了。

“听我说，”我说，“我只想告诉您，您的演奏太棒了。

它彻底征服了我。我从没料想到它如此精彩。那把不和谐小提琴，它……”

“快进来吧，我不能这样一直开着门。”

我迅速走了进去。“谢谢，可我不想打扰您。”

“没关系。”

我进来后，他锁上了门，然后把钥匙转回四分之一。

“我以前从没听过像那把不和谐小提琴奏出的乐音，这是我平生所听到的最美妙的演奏。”

莫顿笑了笑。他并没有在看我。

“太好了，太好了。谢谢你。呃……我得开工了。我一边干活一边跟你聊吧。”

“好的。”

我们走过他刚擦干净的地板。

“你还有其他作品吗？”

“有很多呢。这样吧，在我和你聊天的时候，你愿意帮我擦电话吗？我会告诉你怎么擦的。”

“好呀，我很乐意啊。”

他从清洁车里拿出一块布和一个白色塑料瓶。我跟着他走到柜台后面。

“你只要朝布上喷点这个就可以了。”它有一股酒精的味道。他拿起一架电话机。“然后你把机身、托架擦一下——你按下柱塞，周围不要洗——随后你擦洗按键，再擦洗听筒。话筒一定要擦干净。然后你把听筒放回去，再擦一下，不要留下任何指印。清楚了吗?”

“知道了。”

银行里有许多电话机。莫顿取来一瓶清洁剂和一块干净的抹布。莫顿开始擦出纳员座位间的树脂玻璃窗台。我的脑海里闪过一个念头：子夜时分，你置身于华盛顿的一家银行，你与莫扎特在一起，你在擦拭电话机。

“你应该设法让电台播放你们的演奏。”

“我们不是职业演奏家。就像有人曾跟我们说的，我们只是一支业余乐队。”

“或许你们可以找个专业乐队来演奏?”

“这倒可能是个好主意。”

从他说话的语气中，我可以猜出这是一个馊主意。

我擦完了电话。“这么说来，唐纳德·兰金是你的一位朋友?”

“是的。他是的。”

从他的嘴里套不出更多的细节。我这一招不灵。看来我得再使一招。

“你要我帮你擦桌子吗？”

“那好啊。”他重新拿了块布给我，这是一块专门用来擦拭的软皮布。“你就负责把桌子擦干净。要是移动任何东西，那就要原封不动放好，尤其是文件。”

“知道了。”

银行里有很多桌子。他走了过去，去擦玻璃窗台的另一边。我们默默忙碌着。

“我多么希望自己出色地完成表演。”他终于说道，“我们可以独立演奏，绝对没问题。可是一旦在公众面前演出，我就紧张得不得了。他妈的就老出差错。我要追求完美啊。”

“我觉得法夫说得很对。没关系的。”

他没再说什么，我又继续开始干活。

他擦完了窗台，过来帮我擦桌子。

“你知道，至少巴赫是整体的一部分。假如他被拿掉了，那么有些东西就要垮了。德国就会有个大窟窿，我们所有人都会有个大窟窿。我？我是干什么的？我只是一个娱乐品而已。我只是一个网球。我只是牌局、猜纵横字谜游戏和比赛节目中一个平平庸庸的对手。平平庸庸——哎，天哪，连平平庸庸还算不上呢。我在这里干了十一年啦。

我在员工室贴了一份我们演出的海报，在我的名字下画了条横线。为你们打扫了十一年的办公室啊。全球首演哪。他们有谁来了吗？一个也没来。他妈的简直是在虚度人生啊。我去拿真空吸尘器。”

他走到地板抛光器那儿，按下把手，把它推走了。他拿了个吸尘器回来了。我以为是一个大大的、木筒形状的工业吸尘器，结果他带回来的却是个小小的、三轮长线吸尘器。他接上电源，看见我正注视着它。

“吸尘器就像狗，”他说，“体积越小，噪音就越大。”

他启动了吸尘器。果不其然，这“吉娃娃”小狗发出的噪音比飞机引擎还要大。

“你移开——”莫顿叫喊道。他关掉了吸尘器。“你移开椅子和废纸篓，我来清扫一下，好吗？”

我点了点头，他又启动了吸尘器。这玩意凶猛地抽吸着。我奇怪它为什么吸不掉粗麻布上的地毯绒毛。我移走了一把把椅子，举起了废纸篓。

银行有很多的地毯啊。

莫顿又开口了。他好像并不介意自己的大声叫喊。事实上，我怀疑他很喜欢这嘈杂之声。

“我曾经在一本杂志上读到这样一则消息，说一位舞蹈

编导嘲笑——嘲笑——那些把舞蹈仅仅视为娱乐的人。他说舞蹈是一种生活哲学。我喜欢这一见解——生活哲学。你知道我最喜欢音乐哪里吗？你想让我告诉你吗？”

好的好的好的，我连忙点头。

“那要从我在越南的岁月谈起。我十九岁的时候，我去了那里。我想这将是一场人生冒险。我是在一九六七年十月到那里的，那么在一九六八年一月我又在哪里了呢？溪山（Khe Sanh）！你听说过溪山这个地方吗？没有？那是一场大围攻啊。那些顶尖的现代化武器全亮相了，但好像是在中世纪。我们被北越军（NVA）死死围困。操他的，威斯特摩兰说我们得死守到底。我们撑了七十七天啊。在这七十七天中，敌人每天向你射击，每天用火箭炮和迫击炮向你发动攻击。这简直是地狱。我们筑起了一个个像迷宫似的战壕，像满身湿透的落汤鸡蜗居在里面。就在那里我遇到了唐·兰金。你知道他来自哪儿吗？密苏里州的莫斯科米尔斯。你相信吗？我们在一起抗击北越军，而这个家伙竟然是莫斯科米尔斯人。当他这样告诉我们的时候，我们差点要毙了他。我到现在都还在笑这件事呢。不瞒你说啊，我曾经去过莫斯科米尔斯。”

他停了一会，双眼凝视前方。一会儿，他又开始吸尘，轻松地来回扫动。

“不管怎样，我会写信回家，我有太多的事情要说。可是我说不出来啊。我的笔不听使唤啊。我的一句句话语被堵塞了，需要好好清淤。况且我不想让我的父母和妹妹担惊受怕。所以，我就提笔写下我从收音机里听到的一首首歌曲。我还写下它们的歌词，但常常把歌词换掉，写上我自己编的歌词。闹着玩呗。你知道用小提琴演绎的‘猫王’埃尔维斯·普雷斯利听上去像什么吗？还有‘摩城’(Motown)？‘爸爸妈妈乐队’？我喜欢演奏《星期一，星期一》这首歌。”

他莞尔一笑。

“在西贡我得到了一把小提琴。读高中的时候我上过音乐课，所以我不仅懂音符，也能编曲谱。感谢上帝让我拥有那把小提琴。于是我常常把这些从收音机里听到的歌填上自己编写的歌词寄给我的父母，告诉他们我活得好好的。他们不懂音乐，但是他们能看懂我写的歌词，就像我写给他们的信一样。这一切听上去傻乎乎的，可我就是这么做的。不久，我就厌倦了绞尽脑汁听收音机来记录音符。我想干点别的什么——我怎么形容呢？”

他的手在半空中挥动了两下。

“是什么呢？是与在越南的这一切胡扯毫无相干的东西，是让我恢复神智的东西，那就是当我开始创作属于自己的东西。打仗使我成为了一名作曲家。我看着炸弹在一座座青山中爆炸，我分明听到了斯卡拉蒂、巴赫、韩德尔、科莱里的乐曲。在溪山我理解了巴洛克风格作品的真谛。当一切风平浪静，当天空没有下雨，我就会找到一处干燥、阴凉的地方，着手创作。我的这帮哥儿们喜欢我写的歌。我记得威尔伯曾弹拨我的小提琴——他是我另一个朋友——他还弄断过一根琴弦。可以想象那个时候他的表情。不过，我还有多余的琴弦，没问题。可是他却感到很内疚，我想他恨不得一枪把自己给毙了。你知道他是干什么的吗？他是无线电话务员。我不知道他是怎么弄的，可下一次空投物资一到，就有了足够的琴弦来调配整把提琴。威尔伯还给我搞到了乐谱表。是的，他们都喜欢我的作曲。我开始弹奏，而如果附近有收音机在播放，他们就会立马关掉。就在这战火纷飞中，在地狱般的战壕里，我与音乐同在，别提有多带劲了。”

我们打扫完了。他关掉了吸尘器。静谧令人宽慰。

“我的人生从那时候开始就在虚度了。”他说道。

他拔掉了插头。

“你想喝点什么吗?”

“不，谢谢。”

他走了过来，拿起“洁碧先生”酒瓶。

“他们不允许。”他说道，带着一种悲悯的笑容。他喝了一大口，站在那儿，凝望着前方。几秒钟过去了。他握住“洁碧先生”的瓶颈，轻轻地摆晃着。

“该死的，我多么希望好好弹奏一曲。”

“你可以另找一个时间弹嘛，这样效果会好点。”

他点了点头，但是好像不是很相信。

我无法向他讲清楚。我愿意拿世界上所有的酒精、孤独和浪费的时间来交换如此美妙的创作。我想，这说说简单，做起来就难了。可是依然。可是依然。

“是的，唐纳德·兰金是我的一位朋友。”他突然深吸了一口气。“我去把吸尘器放好。”说罢就不见了。

“这是一份无聊、混球的工作，”他回来时说道，“没人打扰我，又拿酬劳，听起来好像是一份不错的工作，不过有一件事是我喜欢的。那是我整理完后做的最后一件事。我总要检查检查。瞧：一，二，三。”

他指了指三张桌子。

“在这里工作的基本上都是女的。”

他拉开其中一张桌子最上面左边的抽屉，里面是一些你料想在银行抽屉里应有的东西——五花八门的日常文具。

“喏，你看。”他用食指轻轻往前一推，我终于明白了他的意思。在有银行标识的信封旁边藏着一包东西，不仔细翻很难发现。

一包卫生棉条。

他走到另一张桌子边，拉开另一个抽屉。“你看。”又是一包卫生棉条。

第三张桌子。第三只抽屉。第三包卫生棉条。

“这里还有更多女人，但其他女的不会在抽屉里留下这些东西。或者，也许她们会的，只不过放在锁好的抽屉里，或是放在她们的钱包里。这我就不清楚了。”

他小心翼翼地拿出第三包卫生棉条。包装纸已磨损，皱巴巴的。

“这些东西是这儿唯一的生命迹象。我一看见它们，我就会联想到血……性……孩子……爱情。我记得我曾经在费城的一堵墙上看到这样一幅涂鸦：‘我很神奇：我可以流五天的血也不会死。’我喜欢这句话。在这里，除此之外，一切都死气沉沉的。死气沉沉，毫无血色。我恨这个地方。我之所以恨，是因为每当我白天来这里的时候，我都会喜欢上这里，甚至深深地爱上这里。这里很舒服，很温暖，人们也很和善，你也知道他们对你抱有什么期待。我对自己说：你应该在这里找一份白天上班的工作，收入很不错，比起你现在干的好多了，而且又能和很多人打交道，上班时间也合情合理——嘿，何乐而不为呢？突然我住口了。这地方潜藏着危机，太狡诈了。它偷偷地在向你爬行，向你围拢。你慢慢习惯了它，习惯了这按部就班，你知道。你开始觉得这一切很正常，但最后你会觉得一无所有。然后你眨了眨眼，四十年就这样过去了，你的生命也就这样完了。有时，白天的时候，我来到这里，从外面朝里张望，问我自己，为什么这些人没有更多的要求呢？这里曾经摆放着第四张桌子，大约一年前，里面的卫生棉条消失了。我想这再好不过了。我敢说这令众人诧异。难熬的日子啊。多么令人心烦。她一定是这么想。可是当我清理废纸篓的时候，我发现了卫生棉条——还没用过的，用纸包着，就这么扔了。第二天我早早就苏醒了，在银行关门前来到这里，看见一位五十刚出头的女人坐在桌边：是劳拉·布鲁克斯。”

他指了指一张桌子，那桌子上放着一张灰色的塑料卡片，上面的黑色字体写着那个名字。

“我没有跟她讲话。我假装看着小册子，借机偷偷地看她。当人们跟她讲话时，她有时面带微笑，但大部分时间都摆着一副公事公办很严肃的神情。我为她悲伤。到绝经期了。一场个人戏剧将公开登场亮相。我已写了一些——劳拉·布鲁克斯协奏曲。我的所有曲子都以人物命名。这有助于我专注定神。这首协奏曲有两个乐章，用长笛、小提琴和管弦乐器弹奏。马上就可杀青。”

他把卫生棉条放回原处，翻来翻去地拨弄它，直到他满意。

“是的，我得潜心把它写完。”

莫顿环顾四周。他看了一眼墙上的钟。已过凌晨一点。

“哦……我们今天就到这里吧。我还有很多办公室要打扫，在后面还有楼上，我想你真的不应该待在这里了。”

“嗨，没问题。我并不想打扰你。我也得回家了。”

我们回到了我来时的走廊上。

“等一下，我想带你去看一下我经常工作的地方。”

我们向右拐。他打开了左边第三间房门，按亮了灯。这是个很普通的办公室：一把椅子，一张桌子。在桌子前有两把椅子。两个文件柜，一株植物。墙上挂着一幅水粉画复制品，画中是一艘海中航行的小船。

“在打扫前，打扫时或打扫后，只要我来了兴致，我就会来这里作曲。我的锁柜里有个台架。我不知道为什么喜欢来这里创作。我不想去更大、更好的办公室。我想只是习惯使然吧。”

“这就是你写兰金协奏曲的地方吗?”

“不，兰金是我在很多年前写的，但在这里我写了很多其他的曲子。”他停了停。“我喜欢这办公室。我在这里很愉快。”

他关掉了灯。我们走到了玻璃门前，门外就是大街。

“我很高兴你喜欢我的作品。我很感激。”他说。

“太棒了。我永远也不会忘记。”

“那太好了，太好了。”

他转动墙上的钥匙，打开了门。

“遇见您真是三生有幸啊，莫顿先生。”

“是啊。谢谢你帮我打扫。”

我们握了握手。

我走了出来。他站在门口。

“下次我来华盛顿的时候，我会查看是否又有你的演出。”

“好的啰。我们尽量每年表演两到三次。”

“我一定会查问的。”

“好啊，太好了，谢谢。再见。”

“再见。”

他锁上了门，又打开了警报系统。在转身前，他微笑着向我挥手。

我匆匆地跑到拐角，穿过马路，来到他停车的地方。我站在暗处，他不容易看见我。我看着他走过银行的大厅，手里推着一辆小车，消失在了右边。

当我回到家的时候已经很晚，快要两点半了。我的朋友还没睡呢。他精神抖擞。晚上对他来说是工作效率最高的时间，他的桌上乱糟糟的，堆满了已阅的报告和写就的笔记。让我突然吃惊的是我们俩共度的时间究竟有多少。他忙于工作，我忙于看音乐会。他问我音乐会怎么样。我不知道该说些什么。在那一刻，我不想提及约翰·莫顿这一名字或他的协奏曲和那把不和谐小提琴。突然，我有一种想哭的冲动。我深吸了一口气，说音乐会“很好”。我的朋友回答道：“我甚至从来都没有听说过美瑞都剧院。”我问他这一天过得怎么样，他就跟我讲了东方航空公司的最新情况。

第二天早上，我做的第一件事就是去越战老兵纪念碑。

那是个奇异而动人的地方。大地里嵌入了一根巨大的楔子，其黑色的大理石墙上镌刻着阵亡将士的英名。这是一座可触摸的纪念碑；你可以触摸这些名字。说实在的，你会情不自禁地想去触摸。啊，他就在那里。我找到他了。唐纳德·J. 兰金。我轻轻地触摸着他的名字。尔后我就走了。我为这场战争流泪，虽然它与我毫不相干，虽然我对它知之甚少。

这是发生在几个月前的事情了。而如今已是一九八九年的夏天。威廉斯和他的乐团自从我见到他们以来也许又演出过了。或许他们演奏了长笛、小提琴和管弦乐合奏的劳拉·布鲁克斯协奏曲。

有一阵子，我向人们讲起美瑞都剧院音乐会的情形，但对他们的回应却不满意。起初我说“作曲家约翰·莫顿”，人们的脸上一片茫然，于是我进而说：“美国作曲家约翰·莫顿。”但这还不够。我看得出来，我得讲“一位名叫约翰·莫顿的美国作曲家”才行。但是那样使我十分心烦。就好像你非得说“一位名叫沃尔夫冈·莫扎特的奥地利作曲家”才能听得懂似的。现在我只有把约翰·莫顿好好地珍藏在心里。

我朋友从华盛顿特区过来了。他仍供职于普华会计师事务所，但改在纽约上班了。我们一直保持联系。

东方航空公司倒闭了。那件事情闹得沸沸扬扬，但是我已经对它不感兴趣了。最近我听到彼得·尤伯罗斯——即一九八四年洛杉矶奥运会组委会主席——也卷入其中。

我被法学院录取了。但我却不想成为一名律师，不过人们说，有个法律学位倒是一个很好的跳板。可跳向什么呢？我才智聪颖——别人这样告诉我——但我却不知道自己到底想干什么。我烦躁不安，怕有一天我会在某个地方上班——系着领带，端坐在办公桌旁，在办公室里按部就班——我会抬起头来，看到一个人从外面向我张望，而从他的表情里我就可以知道他正在想：*为什么他没有更多的要求呢？*

我怕在某个深夜，也许在讲了一件不太可能发生在一位喜爱音乐的清洁工身上的轶事后，我会一跃而起，弄翻椅子，然后听到自己在咆哮：“你听见了吗？所有这一切；哎；我唾手可得。”

死亡之道

死亡之道十八

巴洛夫人，您好：

作为勘托斯监狱的监狱长，本人按照《信息自由法》的规定，特致函向您通报您的儿子凯文·巴洛直面绞刑的全过程。

最后一顿晚餐，凯文点了：菜汤配薄脆饼干、淋汁火鸡（仅火鸡胸部和翅膀肉）、豌豆、胡萝卜、土豆、凯撒沙拉、红酒和酪饼。但他只盘未碰。

凯文也没有接受向普雷斯顿神父作忏悔告解。

傍晚与夜间的定期观察表明，凯文内心极其不安，一夜未眠。他时而在房间里来回走动，时而坐在床上，时而用手指攀着窗框向外张望。

凌晨六点，当再次提供向普雷斯顿神父作忏悔告解时，凯文要求接见普雷斯顿神父。依据机密性道德规范，他们的谈话内容保密。只有普雷斯顿神父和上帝知道他们谈了些什么。

凌晨六点五十分，当我和执行人员走进凯文的狱间时，发现他站在房间的最里面，窗户的正底下，身边还站着普雷斯顿神父。我可以如此来形容您的儿子：面色苍白，惊恐万分。我依法向他宣读了国家法院下达的死刑判决书，告诉他我即将对他执行死刑，并询问他是否已听明白。他没有任何反应，但我相信他已明白。我要他跟我走。由于颤抖得厉害，他似乎根本无法行走。因此两名狱警前去搀扶。我向你保证我们绝对没有使用任何暴力。

走在走廊上时，凯文因无法站稳而需要狱警一路搀扶。他呼吸非常困难。他看到绞架的那一刹那，呼吸变得更为艰难。

罗威医生向凯文保证绞刑不会有任何疼痛，事实上的确如此。凯文一把抓住医生的手臂，用颤抖的声音问他，他是怎么知道的。罗威医生向他解释：在绞刑中，不是勒颈致死，而是折颈致死。折颈是一个瞬间令人丧失意识的过程。这一过程非常快，因而还来不及疼痛呢。罗威医生向凯文保证，他不会有任何皮肉之痛。

凯文的病历表明，他曾吸烟。所以，我递给了他一支烟——他生命中的最后一支烟。他接了过去，但没有放到嘴边。我告诉他，他有一分钟的时间安下心来，并给了他一把椅子。他坐在椅子上，眼盯着地面。

一分钟后，我问凯文，他是否有遗言或留言需要转达。他喘着气，说："告诉我妈妈，我爱她。"我向他保证我一定会向您传达这句话。他试图再说些什么，但却哽塞结巴；无论我多么努力，也无法听懂他说的话。

我与他握了握手，向他道别。

罗斯威警官与几名狱警将凯文押到绞架前，令他笔直地站在活板门上。罗斯威警官将他的双手绑在后背，给他戴上头套，再把套索套上他的脖子。凯文失禁了。

早晨七点零一分，活板门松开。您的儿子，凯文·巴洛，毫无痛苦地离开了人世。

请相信我，我与您同感悲痛。

哈里·帕林顿
勘托斯监狱监狱长

死亡之道二百一十三

巴洛夫人，您好：

作为勘托斯监狱的监狱长，本人按照《信息自由法》的规定，特致函向您通报您的儿子凯文·巴洛直面绞刑的全过程。

最后一顿晚餐，凯文点了：白煮土豆。他只吃了一个土豆，但要求将剩下的土豆留下，以备晚上食用。

普雷斯顿神父与凯文共处了二十一分钟。依据机密性道德规范，他们的谈话内容保密。只有普雷斯顿神父和上帝知道他们谈了些什么。

傍晚与夜间的定期观察表明，凯文非常平静。他时而在房间里来回走动，时而用手指攀着窗框向外张望。大约凌晨一点钟，他在床上躺了下来，盖上毯子，显然是入睡了。

凌晨六点五十分，当我和执行人员走进凯文的狱间时，发现他躺在床上，盖着毯子，已失去知觉。罗威医生立即对他进行检查，断定他已死亡。

凯文选择了自杀。法医证实，他是把一颗土豆放进袜子，再将土豆连袜子一并硬吞而下窒息身亡。死亡时间大概在凌晨一点至三点之间。

这样的结果实非我愿（所发生的一切都不是我原本所愿），但凯文选择以他自己的方式，选定的时间结束了自己的生命。或许，这会给您一些慰藉。

请相信我，我与您同感悲痛。

哈里·帕林顿

勘托斯监狱监狱长

死亡之道三百一十九

巴洛夫人，您好：

作为勘托斯监狱的监狱长，本人按照《信息自由法》的规定，特致函向您通报您的儿子凯文·巴洛直面绞刑的全过程。

最后一顿晚餐，凯文点了：半只千岛沙拉鳄梨、柠檬黄油鲑鱼、胡萝卜土豆、澳大利亚白葡萄酒和巧克力冰激凌。除了冰激凌，他什么也没吃，并在吃完后再次要了一个。

普雷斯顿神父与凯文共处了十六分钟。依据机密性道德规范，他们的谈话内容保密。只有普雷斯顿神父和上帝知道他们谈了些什么。

傍晚与夜间的定期观察表明，凯文非常躁动，一夜未眠。他时而疯狂地来回走动，时而自个儿咕哝，时而用手指攀着窗框向外张望。

凌晨六点钟，当再次提供向普雷斯顿神父作忏悔告解时，凯文仍是置之不理，仅发出一阵爆笑声和咕哝声。

凌晨六点五十分，当我和执行人员走进凯文的狱间时，发现他坐在床上，一派欢天喜地，在咯咯地笑着。事实上，他一看到我后，便开始笑了。我可以如此来形容您的儿子：兴奋而激动。尽管他仍不停地大笑，我还是向他依法宣读了国家法院下达的死刑判决书，告诉他我即将对他执行死刑，并询问他是否已听明白。凯文仍只是笑着。我开始怀疑他精神是否正常。我问罗威医生，凯文能否在法律上被认定患有精神病；假如那样的话，他罪名的合法性就会受到质疑。罗威医生告诉我，依他的专业之见，凯文的笑是由心理压力所致，而非精神疾病；而且，凯文也明白自己的处境。我要求他跟我走。他一动不动，仍只是一个劲地笑。他对上前来的狱警表现出了一丝反抗——狱警只是拉了拉他的手臂和推了推他的身体——然后他顺从了。我向您保证我们绝对没有使用任何暴力。

走到走廊上时，凯文仍没有停止笑。他因无法站稳需要狱警的一路搀扶。当他看到绞架的那一刹那，他笑得更厉害。我看到他红得歇斯底里的脸，听到他痛苦挣扎的呼吸，我甚为担忧。罗威医生告诉我，在这种情况下，做什么都无济于事。他说那不存在危险，最糟的情况可能是，凯文会因缺氧而昏晕。

罗威医生向凯文保证，绞刑不会有任何疼痛，事实上的确如此。但我不知道凯文是否听到了罗威医生的保证。

凯文的病历表明，他曾吸烟。所以，我递给了他一支烟——他生命中的最后一支烟。他对我不理不睬，一个劲地笑着。我告诉他，他有一分钟的时间安下心来，并给了他一把椅子。他瘫倒在椅子上，继续笑着。

一分钟后，我问凯文，他是否有遗言或留言需要转达。他似乎没有听见我说的话。他依然狂笑着，我锲而不舍，尽量想让他明白我的意思，但这只是无用功。

我试图与凯文握手，他却一次次地将手藏起来，仿佛我们在做游戏，每一次都“哎哟”一声。最后，我向他道别。

罗斯威警官与狱警将凯文押到了绞架前，令他笔直地站在活板门上。罗斯威警官将他的双手绑在后背，然后给他戴上头套，再把套索套上他的脖子。直至那最后一刻，凯文仍没停止笑。

凌晨六点五十八分，活板门松开。您的儿子，凯文·巴洛，毫无痛苦地离开了人世。

请相信我，我与您同感悲痛。

哈里·帕林顿

勘托斯监狱监狱长

死亡之道五百三十四

巴洛夫人，您好：

作为勘托斯监狱的监狱长，本人按照《信息自由法》的规定，特致函向您通报您的儿子凯文·巴洛直面绞刑的全过程。

最后一顿晚餐，凯文点了：鱼子酱、香槟和小雪茄烟。尽管这是一份不同寻常的要求，但我们仍同意了。他狼吞下鱼子酱，一口气喝完香槟。他要求再来一些香槟。我批准再给了他半瓶香槟。当第二瓶香槟像第一瓶香槟那样顷刻消失时，他又提出了第三次要求。我对他说，不。那是极限了。

凯文断然拒绝了向普雷斯顿神父作忏悔告解。

傍晚与夜间的定期观察表明，凯文内心极其不安，一夜未眠。他时而坐在床上抽烟，一根烟紧跟着一根烟；时而在房间里来回走动；时而又用手指攀着窗框向外张望。晚上十点十一分，他要求见我。我可以听见他在一百码之外大声呼喊。当我来到他的房间时，他问我，我们为什么要浪费他的时间而不立即执行绞刑。我向他解释，这是一个既定的法律程序，必须按照这个法律程序行事。我将他的故作镇定归因于他的紧张，因而再给了他一包小雪茄烟。

凌晨六点，当再次提供向普雷斯顿神父作忏悔告解时，凯文说他更愿意见端着满满一托盘酒的且上身赤裸的女招待。随即他又再一次大声呼喊说要见我。

凌晨六点十二分，当我和执行人员早早来到凯文的狱间时，发现他正在踢狱间的门，嘴里不停地喊着，要求赶快执行死刑。当门一打开，他便顺势跃身蹦了出来。狱警必须制服他——他们只是用了最低限度的暴力，我向您保证。我可以如此来形容您的儿子：激动、愤怒、不耐烦。我开始依法向他宣读国家法院下达的死刑判决书，但他总是不停地打断我。我快速宣读完判决书，并告诉他我即将对他执行死刑。甚至在我没有问完他是否已听明白时，他便狂喊："知道了知道了知道了知道了知道了！"他边喊边把我们推出了狱间，我根本无须要求他与我一起走。

尽管狱警竭力控制，我们还是跑着穿过走廊，而不是走着通过。当凯文看到绞架的那一刹那，他立刻向前，冲上了一半阶梯。罗威医生还没来得及告诉他绞刑不会有任何疼痛（确实如此），他就问："解决速度快吗?"狱警将他往后押了回来。

我给了凯文最后一支香烟，他拒绝了。我告诉他，他有一分钟的时间可以安下心来，并给了他一把椅子。他愤怒地拒绝了。

我没有坚持，问他是否有遗言或留言需要转达。他说："不要再浪费我的时间了！"

我与凯文握了握手，向他道别。他不耐烦地握了握我、罗威医生、普雷斯顿神父和罗斯威警官的手，祝愿我们飞黄腾达。

凯文推开罗斯威警官和狱警，再一次甩开他们，抢先上了活板门。他把套索套上脖子后就开始踢活板门。罗斯威警官将他的双手绑在后背并给他戴上头套。

凌晨六点十六分，活板门松开。您的儿子，凯文·巴洛，毫无痛苦地离开了人世。

请相信我，我与您同感悲痛。

哈里·帕林顿

勘托斯监狱监狱长

死亡之道五百四十一

巴洛夫人，您好：

作为勘托斯监狱的监狱长，本人按照《信息自由法》的规定，特致函向您通报您的儿子凯文·巴洛直面绞刑的全过程。

最后一顿晚餐，凯文点了：蓝纹奶酪沙拉、两份加料芝士牛肉三明治（外加车达奶酪）、炸薯条、苏打矿泉水、香草冰激凌苹果派。他吃了所有的东西，除了三明治的面包夹层。他把面包夹层拿出来用餐巾纸包着放在餐盘里。他还要了些矿泉水。

普雷斯顿神父与凯文共处了一个小时二十二分钟。依据机密性道德规范，他们的谈话内容保密。只有普雷斯顿神父和上帝知道他们谈了些什么。

傍晚与夜间的定期观察表明，凯文非常激动，一夜未眠。他时而疯狂地来回走动，时而用手指攀着窗框向外张望。

凌晨六点，当再次提供向普雷斯顿神父作忏悔告解时，凯文要求与他见面。当狱间的门打开时，凯文企图逃跑。一阵混乱中，普雷斯顿神父的脸被打中。狱警将凯文押回房间，关上了门。凯文坚持要再见普雷斯顿神父，普雷斯顿神父欣然答应。我知道所发生的情况之后，认为凯文是故意的，于是下令倘若他还要与普雷斯顿神父谈话，则必须隔着铁栅门进行。那已是底线。凯文和普雷斯顿神父交谈了三分钟。依据机密性道德规范，他们的谈话内容保密。只有普雷斯顿神父和上帝知道他们谈了些什么。

凌晨六点五十分，当我和执行人员来到凯文的狱间时，发现他企图用毛毯塞住门与地板之间的空隙以堵住房门。他站在狱间的最里面，窗的正底下，朝着我们叫喊："不要碰我！"我可以如此来形容您的儿子：脸色苍白，惊恐万分，咄咄逼人。尽管他一个劲地大叫大喊，我依然向他宣读了国家法院下达的死刑判决书，告诉他我即将对他执行死刑，并问他是否已听明白。他叫喊着说没有听明白。我又重复了一遍。当他仍继续喊着不明白时，我认为他是在捣乱。我要他跟我走，可他拒绝了。非常遗憾的是，我们必须告诉您，一场扭打随之而来。但我向您保证，狱警只是在必要的时候才使用了暴力，以制服凯文。

走在走廊上时，我们将他双手绑起，用东西堵住了他的嘴巴，但他仍继续挣扎。当他看到绞架的一刹那，他挣扎得更是厉害。

罗威医生向凯文保证，绞刑不会有任何疼痛，事实上的确如此，但我不确定他听到没有。

凯文的病历表明，他曾吸烟，但我没有递给他最后一支烟。我告诉他，他有一分钟的时间可以安下心来，但我也没有给他一把椅子。他拼命挣扎，狱警为了制服他只得将他按在地上。

一分钟后，我问凯文，他是否有遗言或留言需要转达，并拿掉了塞在他嘴里的东西。他立刻破口大骂。

我向凯文道别，但无法与他握手，因为他的双手被绑着。

罗斯威警官和狱警将凯文押到活板门上，令他笔直地站在上面。罗斯威警官用力把头套戴上他的头，把套索套上他的脖子。直至最后一刻，凯文也没有停止喊叫与挣扎。

清晨七点零四分，活板门松开。您的儿子，凯文·巴洛，毫无痛苦地离开了人世。

请相信我，我与您同感悲痛。

哈里·帕林顿
勘托斯监狱监狱长

死亡之道七百六十

巴洛夫人，您好：

作为勘托斯监狱的监狱长，本人按照《信息自由法》的规定，特致函向您通报您的儿子凯文·巴洛直面绞刑的全过程。

最后一顿晚餐，凯文点了一只梨，但他没有吃。

凯文没有接受向普雷斯顿神父作忏悔告解，但他却索要笔和纸。我们给了他一支圆珠笔和五十张横格纸。

傍晚与夜间的定期观察表明，凯文非常安静。他时而在房间里来回走动，时而用手指攀着窗框向外张望，时而坐在地上，以床为桌开始书写。凌晨一点十四分，他索要更多的纸，于是我们又给了他一百张。

凌晨六点钟，当再次提供向普雷斯顿神父作忏悔告解时，凯文又一次拒绝了。

凌晨六点五十分，当我和执行人员到凯文的狱间时，发现他仍坐在地上，把床当成桌子，不停地写着。我可以如此来形容您的儿子：脸色苍白、忙碌而慌乱。还没等我开口，他就请求我们再给他一些时间把东西写完。在他的左边，堆着一大摞稿纸，密密麻麻地写满了字。我问他还需要多少时间，他回答："不需要太多，还有三张就写完了。"在这种事情上，我还是有自主决定的权力的。我告诉凯文，等他写完的时候告诉我们，但要抓紧时间。说罢，我们便离开了，关上门，让他一个人留在了狱间里。

清晨七点十八分，凯文叫喊我们。当我和执行人员走进他的狱间时，发现他用手指攀着窗框，向外张望。床上的稿纸整整齐齐地放着。我可以如此来形容您的儿子：憔悴而平静。凯文感谢我给了他额外的时间来完成写作，并向我们要一只大信封。我指派一名狱警去拿。接着，我依法向他宣读了国家法院下达的死刑判决书，告诉他我即将对他执行死刑，并询问他是否已听明白。凯文回答说，他已听明白。我要他跟我走。他抓起稿纸和信封，随我走出了狱间。

走在走廊上时，我稍稍走在凯文的前面，其他人员几步之隔跟随其后。凯文把稿纸放进了大信封，封了起来。当看到绞架的那一刹那，他不禁呻吟起来，并一脸惊恐。但他把信封塞在腋窝底下，这似乎给了他些许安慰。

罗威医生向凯文保证，绞刑不会有任何疼痛，事实上的确如此。凯文点了点头。

凯文的病历表明，他曾吸烟，所以，我递给了他一支烟——他生命中的最后一支烟。他摇了摇头。我告诉他，他有一分钟的时间安下心来，并给了他一把椅子。他坐在椅子上，眼盯着手里的信封。

一分钟后，我问凯文，他是否有遗言或留言需要转达。他迅速地吸了口气，说："告诉我妈妈，我爱她，让她千万别伤心。告诉她，我在此。"说罢，他把信封递给了我。现在我把他的信一同寄给您。我向他保证，我一定把他的话向您转达，您一定会收到这封信。

我与凯文握了手，向他道别。

凯文与罗斯威警官和狱警一起走向绞架，站在了活板门上。这时，他说："这世界真美丽，是不是?"是的，我深表赞同。罗斯威警官将他的双手绑在后背，然后给他戴上头套，再把套索套上他的脖子。

清晨七点二十九分，活板门松开。您的儿子，凯文·巴洛，毫无痛苦地离开了人世。

请相信我，我与您同感悲痛。

哈里·帕林顿
勘托斯监狱监狱长

死亡之道九百八十五

巴洛夫人，您好：

作为勘托斯监狱的监狱长，本人按照《信息自由法》的规定，特致函向您通报您的儿子凯文·巴洛直面绞刑的全过程。

最后一顿晚餐，凯文点了：两根加料烤热狗、炸薯条和无醇饮料。除了热狗里的香肠，他吃了所有的东西。他把香肠挑了出来，包在餐巾纸里，留在了盘里。他还要了些无醇饮料。

普雷斯顿神父与凯文共处了五十五分钟。依据机密性道德规范，他们的谈话内容保密。只有普雷斯顿神父和上帝知道他们谈了些什么。

傍晚与夜间的定期观察表明，凯文内心极其不安，一夜未眠。他时而在房间里来回走动，时而坐在床上，时而用手指攀着窗框向外张望。凌晨两点三十六分，我获悉凯文要求见我。当我来到他的狱间时，他问我，他能否出去走走。对于这种情况，我有自主决定的权力。勘托斯监狱有一个安全的狱内院子，我安排狱警跟随他去。只要有正当的理由，都可以随他所欲。一整个晚上，凯文都不停地做各种运动：伸腰、俯卧撑、蹲立等等；要不就是上下蹦跳，来回转头，顺走倒走，练习拳击；或者躺在地上仰望天空。那是一个晴朗、清澈的夜晚，天空繁星无数。

凌晨六点钟，当再次提供向普雷斯顿神父作忏悔告解时，凯文要求与他见面。依据机密性道德规范，他们的谈话内容保密。只有普雷斯顿神父和上帝才知道他们谈了些什么。

凌晨六点五十分，当我和执行人员来到院子时，看到凯文和普雷斯顿神父肩并肩漫步。我可以如此形容您的儿子：憔悴而不安。我依法向他宣读了国家法院下达的死刑判决书，告诉他我即将对他执行死刑，并询问他是否已听明白。凯文点了点头。我要他跟我一起走，他随我走出了院子。

走在走廊上时，我稍稍走在凯文的前面，其他人员几步之隔跟随其后。他一个人练习着拳击动作。当他看到绞架的那一刹那，他愤怒地摆了三拳：冲拳、钩拳、上钩拳。

罗威医生向凯文保证，绞刑不会有任何疼痛，事实上的确如此。凯文点了点头。

凯文的病历表明，他曾吸烟，所以，我递给了他一支烟——他生命中的最后一支烟。他摇了摇头。我告诉他，他有一分钟的时间安下心来，并给了他一把椅子。他点了点头，但仍旧站着，不停地摆出拳击姿势。

一分钟后，我问凯文，他是否有遗言或留言需要转达。他喘着气，说："第一回合，击倒对方！"

我与凯文握了手，向他道别。

凯文与罗斯威警官以及狱警一起慢慢走到了绞架旁，站在了活板门上。罗斯威警官将他的双手绑在后背，给他戴上头套，再把套索套上他的脖子。凯文原地移动并开始大声吸气呼气。

清晨七点钟，活板门松开。您的儿子，凯文·巴洛，毫无痛苦地离开了人世。

请相信我，我与您同感悲痛。

哈里·帕林顿

勘托斯监狱监狱长

死亡之道九百九十一

巴洛夫人，您好：

作为勘托斯监狱的监狱长，本人按照《信息自由法》的规定，特致函向您通报您的儿子凯文·巴洛直面绞刑的全过程。

最后一顿晚餐，凯文点了：T骨牛排、绿豆土豆、啤酒和开心果冰激凌。除了冰激凌，他什么也没吃。

凯文也没有接受向普雷斯顿神父作忏悔告解。

傍晚与夜间的定期观察表明，凯文内心极其不安，一夜未眠。他时而在房间里来回走动，时而坐在床上，时而用手指攀着窗框向外张望。晚上十点二十四分，他索要一些杂志。我们给了他各类杂志，包括体育类、自然类和政治类杂志。晚上十一点零三分，他要求见我。当我来到他的狱间后，他问我是否会下双陆棋。我不是特别喜欢下棋，但我还是同意了。我派人去拿了一盒双陆棋。整个晚上，凯文和我都在下双陆棋。当然，我们也聊天，绝大多数时候都是他对我说。我问他是否可以将我们的谈话内容录下来，作为一个礼物送给您。他同意了。于是，我们便拿了一台录音机。现随信附上当时录的四盒磁带。在棋局中，凯文轻而易举地击败了我。

凌晨六点钟，当再次提供向普雷斯顿神父作忏悔告解时，凯文又一次拒绝了。我问凯文是否想停止下棋，他说还想继续。

凌晨六点五十二分，正当结束一局时，我告诉他时间到了。他点了点头。狱间的门打开了，执行人员走了进来。我依法向他宣读了国家法院下达的死刑判决书，告诉他我即将对他执行死刑，并询问他是否已听明白。凯文点了点头。我要求他跟我一起走。他收起棋盘，随我走了出来。一名狱警想收回棋盘，但凯文奋力抵抗，我告诉狱警让他拿着。我向您保证，我们绝对没有使用任何暴力。

走在走廊上时，凯文因无法站稳，需要狱警的一路搀扶。他呼吸非常困难。当他看到绞架的那一刹那，他不禁呻吟起来，惊恐万分。

罗威医生向凯文保证，绞刑不会有任何疼痛，事实上的确如此。凯文点了点头。

凯文的病历表明，他曾吸烟，所以，我递给了他一支烟——他生命中的最后一支烟。他摇了摇头。我告诉他，他有一分钟的时间安下心来，并给了他一把椅子。他坐在椅子上，眼盯着地面。这时，他艰难地喘着气对我说："对所发生的一切，我真的很抱歉。"我告诉他我也是如此。

一分钟后，我问凯文，他是否有遗言或留言需要转达。他还是重复那一句话："对所发生的一切，我真的很抱歉。"我再次告诉他我也非常抱歉。他试图再次开口，但他结结巴巴的，我费了九牛二虎之力，也无法听懂。

我想跟凯文握手，但他不愿放下棋盘。最后，我向他道别。

罗斯威警官与狱警将凯文押到了绞架前，令他笔直地站在活板门上。罗斯威警官将绳子绑在他的胸部，连同他的手和棋盘；然后替他戴上头套，再把套索套上他的脖子。凯文失禁了。

清晨七点零三分，活板门松开。您的儿子，凯文·巴洛，毫无痛苦地离开了人世。

请相信我，我与您同感悲痛。

哈里·帕林顿
勘托斯监狱监狱长

死亡之道一千零九十六

巴洛夫人，您好：

作为勘托斯监狱的监狱长，本人按照《信息自由法》的规定，特致函向您通报您的儿子凯文·巴洛直面绞刑的全过程。

最后一顿晚餐，凯文没有点任何东西。我前去告诉他，他几乎想吃什么就可以吃什么，但他说自己不饿。我告诉他，假如他改变主意的话，可以告诉狱警。

普雷斯顿神父整个晚上都和他待在一起。依据机密性道德规范，他们的谈话内容保密。只有普雷斯顿神父和上帝才知道他们谈了些什么。

傍晚与夜间的定期观察表明凯文内心极其不安，一夜未眠。他时而在房间里来回走动，时而坐在床上，时而用手指攀着窗框向外张望，时而跪在地上，头靠在普雷斯顿神父的膝盖上。他不停地呜咽。

凌晨六点五十分，当我和执行人员来到凯文的房间时，看到他坐在狱间的最里面，窗子的正下方，而普雷斯顿神父坐在床上。一看到我，凯文便开始哭泣。我可以如此来形容您的儿子：脸色苍白，惊恐万分。我依法向他宣读了国家法院下达的死刑判决书，告诉他我即将对他执行死刑，并询问他是否已听明白。凯文只是哭着，但我相信他已听明白了。我要他跟我走。他一动不动，仍是继续哭。狱警一靠近他，他便开始号啕大哭，请求宽恕。他不停地哀求我。我向他解释，很遗憾我无能为力。他对狱警表现出了一丝反抗——狱警只是拉了拉他的手臂，推了推他的身体——我向您保证，我们绝对没有使用任何暴力。由于颤抖得厉害，凯文无法独立行走，两名狱警上前扶他。

当凯文走到走廊上时，他仍不停地呜咽和哀求。他一看到绞架就失禁了，开始拼命挣扎。突然，他抓住了自己的左胸，轻声地咕哝了一声："我很难受。"说完便昏倒在地。罗威医生立即对他做了检查，诊断他心跳已停止。经过一番心肺复苏急救之后，心脏仍然没有恢复跳动。清晨七点零六分，罗威医生宣布凯文死亡。我记得当凯文的身体再也不动弹了，医生和狱警纷纷忙于自己职责的时候，我发现凯文的眼睛一直盯着我。

这样的结果实非我愿，所发生的一切都不是我原本所愿。

请相信我，我与您同感悲痛。

哈里·帕林顿
勘托斯监狱监狱长

恒生镜子公司：镜子恒存

“我还记得我是如何遇见
我丈夫的。我亲爱的，
温柔的丈夫。那是
一九二八年的夏天。
那时的我才十六岁，
白衣翩翩。我还
戴着草帽，只是
帽子太小，
总是风一吹就跑了。那是
在格朗德里维耶尔。
那年夏天

我和布雍神父
在一起
待了几个星期。我
站在阳台上，
盘算着是
戴着这顶偏小的帽子
出去散步，
而且一直得用手捂着它
防止被风吹走，还是去拿
另一顶大小正合适
而与我的衣服
却不相配的帽子。
正当我站在阳台上
思量时，
突然一辆载着
两个人的汽车
停在房子前面
约五十英尺的地方。司机
下了车。他是个医生。
我之所以知道他是个医生

是因为他的车挂着
那个年代的医生所持有的
特种牌照。
他掀开引擎盖，探身
进去，我不知道他要干什么。
他看起来
很急。而另一个人
却不帮忙，只是
没精打采地坐在车里。
我后来才知道，我
未来的丈夫那时
正开车送他去
医院。他对着引擎
捣鼓了一两分钟，
然后拿来了曲柄。
他转动曲柄，
引擎发动了。他匆忙回到
车里。我一动不动，
也一声不响地
望着这一切。

那个医生，他

并没有看到我。

另一个人却看到了。车子

消失在

路的尽头，风

把我的帽子吹走了。我

叽里呱啦叽里呱啦　　　　哎呀，她会唠叨个没完。

叽里呱啦叽里呱啦

叽里呱啦叽里呱啦

叽里呱啦叽里呱啦

叽里呱啦叽里呱啦

叽里呱啦叽里呱啦

叽里呱啦叽里呱啦

叽里呱啦叽里呱啦

叽里呱啦叽里呱啦

叽里呱啦叽里呱啦

叽里呱啦叽里呱啦

叽里呱啦叽里呱啦

叽里呱啦叽里呱啦

叽里呱啦叽里呱啦

叽里呱啦叽里呱啦　　　全是些老套路。

叽里呱啦叽里呱啦

叽里呱啦叽里呱啦

叽里呱啦叽里呱啦

叽里呱啦叽里呱啦

叽里呱啦叽里呱啦　　　我的脑袋马上要炸了。

叽里呱啦叽里呱啦

叽里呱啦叽里呱啦

叽里呱啦叽里呱啦

叽里呱啦叽里呱啦

（与此同时，机器勤勤恳恳地轧轧作响。我把手放上去，能感觉到震动。）

叽里呱啦叽里呱啦
第二天，一个阳光明媚的
日子，我从
邮局一路走回家，
忽然我看到那同一辆车
正朝我驶来。

阳光在我身后，
照在医生的眼里。
他的车上没有
遮阳板，所以他戴了
一顶前檐很长的帽子。当车
驶近时，我看到
那上面写着些字。
寻找新娘，
是大红色的字。
当然，他
是一个单身汉。
他后来告诉我
那顶帽子是一个朋友
送的。也正因此，
他半眯着眼，
盯视着前方的道路，
在那一刻，还真的像是
在寻找一位新娘。
他从我身边驶过。
再一次地，

没有看到我。

有时候，他心不在焉的样子

是如此的迷人。

有一次，他

叽里呱啦叽里呱啦

叽里呱啦叽里呱啦

叽里呱啦叽里呱啦

叽里呱啦叽里呱啦

叽里呱啦叽里呱啦

（我去看望我的祖母，在地下室发现了这台机器。初一看，它活像个木头箱子。）

叽里呱啦叽里呱啦

叽里呱啦叽里呱啦

叽里呱啦叽里呱啦

（不过是垃圾，不过是废物，我这么想着。）

叽里呱啦叽里呱啦

叽里呱啦叽里呱啦
叽里呱啦叽里呱啦
叽里呱啦叽里呱啦
叽里呱啦叽里呱啦
叽里呱啦叽里呱啦

（你看，这就是我的祖母，紧抓着她所拥有的东西不放。她什么都舍不得扔。每件东西在她眼里都有价值。作为一个年轻的妻子，她熬过了大萧条时期。战后不久，她的丈夫就过世了，剩她一人独自抚养四个孩子。她承受了丧夫之痛，遭受了孤独、贫穷，经历了艰难岁月。她小心投资，努力工作，勤俭持家，含辛茹苦，终于把孩子们拉扯大了——实际上，她非常成功：她培养出一名新闻记者，一名内科医生，一名外交诗人，以及一名隐居的本笃会修女。然而，她忘不了每次成功所付出的代价，她这一路走得如此艰难。她对“匮乏”这个词有太深的体会，根本无法理解它的反义词“充裕”。她就如同杰克·伦敦笔下的淘金者，在从饥荒中被救出来的数月后，仍在他的口袋，在房间的每个角落，每道裂缝里，囤积坚果、饼干、罐头食品以及鱼干。）

叽里呱啦叽里呱啦
叽里呱啦叽里呱啦
拿着一个托盘，
上面摆着杯子和曲奇。
是谁挺拔地
站在客厅里？——
此刻他依然历历在目！
站得如此笔挺啊。
他有一张温柔的脸
和一双迷人的眼睛。
他正是‘寻找新娘’
的那位医生。
他朝我微笑，
我也报以微笑。布雍神父
邀请了这位新
医生来到镇上，告诉他
他的家里有
很多漂亮的女孩子。那天
我们聊了一会，
我和那个医生，

在随后的两个星期，
每次他经过这儿
就会来和我聊天。
那时的他是那么的真挚
而殷切。后来他
告诉我，在他遇到
我的第一天，当他
要走的时候，他悄声告诉
布雍神父，‘这里
有我的妻子。’我想他
叽里呱啦叽里呱啦
叽里呱啦叽里呱啦

（我姑且把箱子推到一边。这不是我要找的东西。我要找的是我祖母的鹿皮雪鞋。我在地下室里爬来爬去，埋头在她放大衣的冷冰冰的柜子里仔细搜寻。她想穿雪鞋去旅行。但是那箱子出人意料地重，至少有十五磅吧，而且是由抛光的胡桃木做的，漂亮极了。）

叽里呱啦叽里呱啦

叽里呱啦叽里呱啦

叽里呱啦叽里呱啦

(我满心好奇，就把箱子拖了出来。它大约十五英寸宽，十二英寸深，八英寸高。实际上，这不是一个箱子——它没法打开，反倒更像某种机械装置。在接近底部的位置，其中一条长边的附近，有一道半英寸宽的裂缝。那里露出一小片红色的天鹅绒，拨开天鹅绒的边儿，即可看到一串约十根滚轴。很显然，某样东西，或某件产品，以这样的方式进出这个箱子。在这条裂缝的上方，靠近左边的地方，有一根貌似温度计的管子嵌在木头里，上面标有两个红色的刻度，最大值靠近顶部，最小值接近底部。与这一面相对的一面上有一扇可以水平打开的门，上面装有很小巧的铜把手。门上刻着**“仅限高等白沙”**的字样，开门时伴有咔嚓声。两边都有圆形的面板，在其中一块面板上，我看到**“不得超过此线”**这样的字句。我透过打开的门朝小洞里张望，但什么也看不到，于是关上了门。在这机器的顶部，有三个洞和一块牌子：一个小洞接近边缘，与温度计状的管子水平，周围有一圈字，刻着**“仅限高等水银”**；另一个洞在相反的角落上，边上刻有**“仅限高等**

油”的字样；最后，第三个洞更大一点，塞着软木塞，是在某条边的中间。那个长方形的牌子，用金色的钉子固定在正中间，上面写着：**安大略霍普港恒生镜子公司。镜子永留存**。）

叽里呱啦叽里呱啦

叽里呱啦叽里呱啦

叽里呱啦叽里呱啦

叽里呱啦叽里呱啦

（“你找到鞋子了吗？要我下来吗？”上面传来急切又好奇的声音。

“还没呢。再等一会儿。”我答道，重新又钻进柜子里。在一大堆鞋子、靴子、拖鞋和运动鞋中，我终于找到了那双鹿皮雪鞋。突然，在那个机器附近的地方，我看到一个灰色的毡包，上面有恒生镜子公司的标志。我把包拿了出来，如考古学家般小心翼翼地把翻乱了的鞋子和大衣架重新摆放整齐，关上了柜子的门。我抱起翻找出来的战利品，往楼上走去。）

叽里呱啦叽里呱啦

叽里呱啦叽里呱啦

叽里呱啦叽里呱啦

叽里呱啦叽里呱啦

叽里呱啦叽里呱啦

[祖母在楼梯口等着我。她是个八十多岁的女人。她高贵自负，穿着考究，总是一身深深浅浅的紫色衣饰——那是她最喜欢的颜色。除了一些老年人常有的小毛病——白内障（手术动掉了），有点关节炎以及皮肤有些松弛——她身体很健康。由于她积蓄了所有孤单寂寞时没法倾吐的话语，一旦开口她就停不下来。她也会倾听，但有时并非真的在听；有时别人的话就如一份菜单，她从中选几个字，挑两个句子，再加以发挥。她的信念是如此牢固而坚定，几乎无懈可击，而她的种种习惯，尽管并非无可容忍，仍然顽固不移。重大问题不再令她困扰；她的问题现在完全局限在重大答案之中，这些答案给她的毕生都带来慰藉。她当然爱我，但是带着她那个年纪所特有的偏见。我不够虔诚让她悲伤，我在人生中的种种犹豫让她不耐烦，因为她压根没法理解（举个例子，我年近三十却仍没有一份真正

的、稳定的工作，大学学业也搞得一塌糊涂，在我的人生中没取得过什么有价值的成就）。她认为我已经完蛋了。她教导我，我们应该像房子般坚固直立，而非像船一样摇摆不定。对她而言，这个世界是由神主宰的，在这个世界中，善良和辛劳最终会有回报，而邪恶与懒惰终将受到惩罚。她牌技很差，老是输——比我还烂——可她会出老千。祖母爱我，我也爱她——但这并不意味我们始终和睦相处。]

叽里呱啦叽里呱啦

叽里呱啦叽里呱啦

叽里呱啦叽里呱啦

叽里呱啦叽里呱啦

叽里呱啦叽里呱啦

叽里呱啦叽里呱啦

叽里呱啦叽里呱啦

（“这是什么?”她问道。

“我也正想问你呢。”我说。

“噢，天哪!”她细看了一眼后，惊呼道。她的声音随即变了。“这老古董。我差点都忘了我们还有这个。”她的手指在机器上摸索起来。）

叽里呱啦叽里呱啦

叽里呱啦叽里呱啦

叽里呱啦叽里呱啦

叽里呱啦叽里呱啦

［我环顾她的房间。我只想提及，我祖母的房子里乱糟糟地堆着风格不一的家具；她没有成套的餐具、炊具、床单或毛巾，只有用了六十多年还幸存下来的残缺不全的东西；她在房间里摆放了很多宗教饰品（前门上方的十字架，墙上挂着圣母马利亚和耶稣的石板画，壁炉上搁着从旅游特产商店买来的洋雕像，门后挂着很大一串木质玫瑰念珠，放在镜框里的教皇彩照，等等）；她的孩子们搬出去之后，她开始参团出去旅游，并从世界各地带回各式各样的小玩意儿（茴香酒瓶状的灯、仿古董希腊花瓶、模仿复活节岛巨人像的雕塑、非洲面具、瑞士布谷鸟报时钟、一只巨大的太平洋贝壳、突尼斯鸟笼、紫色俄罗斯套娃、中国瓷器等等）；她还喜欢钓鱼和园艺，并拥有一切要从事这些活动所需的器具——而且远远不止呢。一大堆杂物和小摆设，

这个那个，不一而足。数立方米呢。我祖母有点石成金的本事：任何东西，只要她一碰，都成了永恒。我有没有提过，她的房子很小，而且她还有一架钢琴？]

叽里呱啦叽里呱啦
叽里呱啦叽里呱啦
叽里呱啦叽里呱啦

（我把那台机器放到厨桌上，把鹿皮鞋放在地板上。

"这到底是什么？"我问。

"是台老机器。是制镜机。"

她边说边朝起居室方向——冲着壁炉上的那面大镜子——点了下头。我注视着镜子。）

叽里呱啦叽里呱啦
叽里呱啦叽里呱啦

（在反射出来的长方形镜面中，我能看到一个有着圆圆的肩膀和一头白发的老妇人，以及一个表情严肃的年轻人。）

叽里呱啦叽里呱啦

叽里呱啦叽里呱啦

（“制镜机是什么东西？”

“就是能制造镜子的机器。当我还是个姑娘的时候，我们就用这个来做镜子。”

我从未听说过这种东西。“这个还能用吗？”

“我看不出为什么不行。让我们看看……”

她坐了下来，拧起手指打开了那个毡包。我在她身边坐了下来。她取出一个灰色塑料瓶。上面有两个银色的字“**水银**”。她扭开瓶盖，把瓶子倒转过来，然后把喷嘴放进机器顶部灌水银的洞口。但是，当她挤压瓶子的时候，喷嘴弹了一下，木头上出现了一大滴圆圆的水银。）

叽里呱啦叽里呱啦

叽里呱啦叽里呱啦

（“要不，还是我来吧。”我说。

这瓶子虽不大，分量却出奇地重。我牢牢盯着水银滴下。我用喷嘴把水银绷紧的表面弄松，挤压瓶子，增大这滴水银的面积，然后松开，把这滴水银吸回到瓶子里。）

叽里呱啦叽里呱啦
叽里呱啦叽里呱啦

（“干得好，”我祖母说，“水银可贵啦。”）

叽里呱啦叽里呱啦
叽里呱啦叽里呱啦

（我把喷嘴对准洞口塞进去，挤压瓶子。一条水银柱出现在管子底部。我让它往上升。当它到达最小值和最大值的中间时，祖母说：“够了。”我再挤了一会儿，就停了下来。）

叽里呱啦叽里呱啦
叽里呱啦叽里呱啦

（然后她从包里拿出一小瓶油和一些沙子。沙子装在一个黑黄白相间的纸板箱里。上面画着一个在沙滩上的黑人。

他咧着嘴笑着，脸上带着种因被殖民而快乐的神色，头戴草帽，故意穿得破破烂烂的。他头顶的天空写着：**诺瓦克优良牙买加白沙。**在依稀可辨的盾徽周围，是几个较小的花体字：“皇室御用精致白沙供应商”。）

叽里呱啦叽里呱啦
叽里呱啦叽里呱啦
叽里呱啦叽里呱啦
叽里呱啦叽里呱啦
叽里呱啦叽里呱啦

（“有些人会用便宜的沙子，比如这里周边产的沙子，”我祖母说，“但是这种沙子做出的镜子是雾蒙蒙的。最好的沙子产自加勒比海。”）

叽里呱啦叽里呱啦
叽里呱啦叽里呱啦
叽里呱啦叽里呱啦
叽里呱啦叽里呱啦
叽里呱啦叽里呱啦

叽里呱啦叽里呱啦

（她把沙子从小门倒进机器的时候，我也把油喷进里面。）

叽里呱啦叽里呱啦

叽里呱啦叽里呱啦

叽里呱啦叽里呱啦

叽里呱啦叽里呱啦

（祖母叹了口气。“我准有五十年没用这台机器了。即使在我那个年代，这玩意儿也算是老旧过时了。现在可简单多了。你只需去一家五金商店，就能买到一面工厂生产的镜子，镜面清晰明亮，各种大小和样式都有。”

她停了一下，眼睛直直地盯着半空。嘴唇颤抖着。

“噢噢噢，你的祖父曾经对着这机器发过火。他平常是个多么宽厚包容的人啊。那一刻，他几乎要跳起来，冲出去买镜子了。‘但我们买不起，’我这么告诉他，‘我们没那么多钱。况且这机器是人家送我们的，就将就着用吧。’他会火冒三丈。但我们那时真的没那个钱。你能期盼什么？

他不是个见钱眼开的人。他经常免费给病人看病，当病人买不起药的时候，他甚至自己掏钱买他开的药给病人。‘走吧，出去走走，去休息下，或是去看看书。我来把镜子做完，’我对他说，‘你别待在这儿了！’但他只会用他那双，哎呀，无比迷人的眼睛看着我，然后又坐回到我的身边，和我一起继续做下去。”

她颤抖地叹了口气。

“我们可有耐心啦，在这机器上花了那么漫长的时光，我数都数不清哟。”她说不下去了。眼睛红红的。）

叽里呱啦叽里呱啦

叽里呱啦叽里呱啦

（若换了其他日子，我会把她的追忆丢在一旁，直截了当地问她这玩意儿怎么操作。但是，那一天，不知什么缘故，我任她东家长、西家短地娓娓道来。我又看了眼壁炉上的镜子。我以前就发现它并不完美。她的镜子没有一面是毫无瑕疵的。每一面都有纹棱，照出来的影像歪七扭八，还有各种污点和疤痕。但是我一度把这些缺陷都归咎于时光的侵蚀而非出自手工的缘故。）

叽里呱啦叽里呱啦

叽里呱啦叽里呱啦

（她用手揉揉脸，看着那机器。“不知道它还管不管用。”她平静地说。）

叽里呱啦叽里呱啦

叽里呱啦叽里呱啦

叽里呱啦叽里呱啦

（她从包里掏出一件最让人不可思议的东西。一个喇叭。好像留声机用的那种，只不过更小一些。狭窄的那头接着一个短短而闪亮的黄铜管子，连着螺纹线。另一头弯曲，喇叭口大大地朝外张开着，边沿看起来就像花瓣。理所当然，它本应该由塑料制成，但它用的却是货真价实的象牙，这一点儿是有违政策的，冷冷的奶白色，镶嵌着细细的黑色纹理。外面点缀着精致的阿拉伯式装饰图案，里面的线条呈螺旋状盘旋而下。祖母把机器顶部第三个洞的软木塞拔出来，把喇叭插了上去。它能够轻而易举地旋转三百六十度。）

叽里呱啦叽里呱啦

叽里呱啦叽里呱啦

叽里呱啦叽里呱啦

（现在机器安装完毕了。看起来很老式，很奇特又很美。）

叽里呱啦叽里呱啦

叽里呱啦叽里呱啦

叽里呱啦叽里呱啦

（就在我刚要开口问这东西怎么运作时，她又叹了口气。）

叽里呱啦叽里呱啦

叽里呱啦叽里呱啦

叽里呱啦叽里呱啦

叽里呱啦叽里呱啦

（“他是多么好的一个人啊。我每天都感谢上帝把他带到我身边。过了二十二年的幸福生活之后，他又把他从我身边带走了。但即使我得遭受十遍这样的痛苦，这二十二年的岁月也还是值得的啊。”）

叽里呱啦叽里呱啦

叽里呱啦叽里呱啦

叽里呱啦叽里呱啦

叽里呱啦叽里呱啦

叽里呱啦叽里呱啦

（这不是我第一次听她说起我祖父。在我远未出生前，他就因患胰腺癌而过世了。自从我记事起，他就成了我心目中慈善的象征。他是一个善良体贴的人，一个忠心耿耿的丈夫，一个和蔼可亲的好父亲，一个仁心仁术的医生，一个充满智慧和修养的人，一个大自然的热爱者；他足智多谋，考虑周全，慷慨大方；他明理决断，体面理智，谦虚谨慎；他见多识广，稳重冷静，善良正直；他与那些常见的罪孽——妒忌、懒惰、虚伪、酗酒、好色、拖拉——完全绝缘；他从未居心不良、自命不凡、反复无常、鄙俗粗鲁；而且他还拥有一双神奇迷人的蓝眼睛——简直就是他那高贵心灵的明灯——相较之下，我的眼睛只是褪色、掺水的仿冒品。）

叽里呱啦叽里呱啦
叽里呱啦叽里呱啦

（于我而言，这个男人仅存于黑白相片中，所以我自己没法证实他的品行，甚至无法证实他湛蓝的眼眸。他个子不高，有点壮实，谢顶，长圆脸，留着一小撮胡子，既不帅也不丑。他的其他特征都是个谜。我常常试图从这些照片中提炼出他的个性，想象在这冰冷的框架外的男人到底是何等模样。他看起来确实挺和善的，也许就是那种没啥远大抱负的老好人，安贫乐道地与家人过着小日子。有点害羞。嗓音温和，我这么想。）

叽里呱啦叽里呱啦
叽里呱啦叽里呱啦

（“那么这个玩意儿怎么运作呢？”我插嘴道，抓住一个空当问她。

“靠回忆。”

“什么？”

“我说它靠回忆运转。靠追忆，靠纪念，靠往事。就是过去。”

她的脸上突然闪过一丝妩媚的神色，用手指梳理了一下她的头发。她清了清嗓子。）

叽里呱啦叽里呱啦
叽里呱啦叽里呱啦

（回忆？）

叽里呱啦叽里呱啦
叽里呱啦叽里呱啦
叽里呱啦叽里呱啦
叽里呱啦叽里呱啦
叽里呱啦叽里呱啦
叽里呱啦叽里呱啦
叽里呱啦叽里呱啦

（她把嘴凑近喇叭。“我，”她吐字清晰，“我记得……”

叽里呱啦叽里呱啦

叽里呱啦叽里呱啦

叽里呱啦叽里呱啦

（一声尖锐的咔嚓声。随之而来的是轻微的噪音，奇怪至极，就像一列小火车启动的声音。无疑是从机器内传出来的。）

叽里呱啦叽里呱啦

叽里呱啦叽里呱啦

叽里呱啦叽里呱啦

（“还能用!”她说，用手抚着嘴唇。“噢，天哪，噢，天哪。”）

叽里呱啦叽里呱啦

叽里呱啦叽里呱啦

（就在这个时候，她开始回忆。）

叽里呱啦叽里呱啦

叽里呱啦叽里呱啦

叽里呱啦叽里呱啦

叽里呱啦叽里呱啦

叽里呱啦叽里呱啦

叽里呱啦叽里呱啦

叽里呱啦叽里呱啦

叽里呱啦叽里呱啦

叽里呱啦叽里呱啦

叽里呱啦叽里呱啦

（“我还记得我是如何遇见我丈夫的。我亲爱的、温柔的丈夫。那是一九二八年的夏天。那时的我才十六岁，白衣翩翩。我还戴着草帽，只是帽子太小，总是风一吹就跑了。那是在……”）

叽里呱啦叽里呱啦

叽里呱啦叽里呱啦

叽里呱啦叽里呱啦

在他回勒维斯老家

那天，他问

他是否能写信给我，

以及我是否愿意回信。

我还保留着他所有的信。

在一个多月的时间里，

他总共写了三十七封信。

在第三十七封信中，他

告诉我他要开车过来

向我求婚。他为了这一刻

专门买了套崭新的西装，

洗了车，上了蜡。

他带着布雍神父同行，

给自己打气，也向

我父母证明

他的人品。那是

九月初的

一个星期六。我们

约好在教堂见面。

我看到车子
开过来。我们都
很紧张。就在
布雍神父
到边上散步时，
我的丈夫，虽是个
三十岁的大男人，
却和我一样害羞，
向我求婚了。
他想要吻我——
我本不会阻止他——
但旁边有人经过。
当那愉悦的
一小时过去后，
我一路跑回家。
我坐在床上，
书上的字却
一行也读不进去，
幸福满得快要溢出来。
是的，我愿意！我愿意！我愿意！

那一声声，还在
我的心中回响。他
在四点准时到来，我
那英俊的骑士，还有
布雍神父，他
已经在信中
向我父母
用闪耀动人的词汇
把他的医生朋友
提了好几次。
对于一个神父来说，
讲得太多了，但
一切进展顺利。
第二年的春天，
我十七岁，
成了一名医生的妻子，
六个月之后，
我成了一个女人。
在这半年里，
这个好男人没有

碰过我。这么一个
体贴、有礼且温柔的男人。
我是多么的幸运，
他于我而言，
是多么大的福气啊。
我决不可能找到一个
更好的男人了。
我每天都感谢上帝，
感谢他的恩赐。
自从他过世后，
很多男人向我求婚，
但没人能够
取代我的心上人，
根本没有。
噢，主啊，
我承——承——
承受了多少痛苦啊！”

她在哭泣。

（机器非但没有因为她中断话语而减速或戛然而止，反而咔嚓咔嚓地加速运转起来。）

“在他弥留之际，他告诉我：
‘至少我知道
咱们的孩子有个好
母亲，我死也瞑目。’
我含辛茹苦
把他们养育成人，
这样他们的父亲就会
以他们为傲。
上帝知道，
这有多不容易啊。
在那段岁月，
一个寡妇带着四个孩子。
但我熬过来了。
我尽了应尽的义务。
他们的父亲会以
他们为荣的！他们
都是好孩子。他们也做了

很大的牺牲。

他的榜样是一种

叽里呱啦叽里呱啦
叽里呱啦叽里呱啦
叽里呱啦叽里呱啦
叽里呱啦叽里呱啦
叽里呱啦叽里呱啦
叽里呱啦叽里呱啦
叽里呱啦叽里呱啦
叽里呱啦叽里呱啦
叽里呱啦叽里呱啦
叽里呱啦叽里呱啦
叽里呱啦叽里呱啦
叽里呱啦叽里呱啦
叽里呱啦叽里呱啦
叽里呱啦叽里呱啦
叽里呱啦叽里呱啦
叽里呱啦叽里呱啦
叽里呱啦叽里呱啦
叽里呱啦叽里呱啦

这个女人。

松弛、苍白、布满皱纹的脸。

碧绿的眼睛，

但此刻红红的。

叽里呱啦叽里呱啦	自打我记事起，
叽里呱啦叽里呱啦	我就知道这是一张
叽里呱啦叽里呱啦	令人恼怒的熟悉的脸。
叽里呱啦叽里呱啦	噘嘴、瞪眼、盯视，
叽里呱啦叽里呱啦	这些都难以言表，
叽里呱啦叽里呱啦	但我们家族所有的人
叽里呱啦叽里呱啦	都对其非常了解。
叽里呱啦叽里呱啦	这个女人一直存在
叽里呱啦叽里呱啦	于我的生活中。
叽里呱啦叽里呱啦	
叽里呱啦叽里呱啦	
叽里呱啦叽里呱啦	但也许不会太久了，
叽里呱啦叽里呱啦	我猜想。
叽里呱啦叽里呱啦	
叽里呱啦叽里呱啦	
叽里呱啦叽里呱啦	那么，她会
叽里呱啦叽里呱啦	剩下些什么呢？
叽里呱啦叽里呱啦	
叽里呱啦叽里呱啦	
叽里呱啦叽里呱啦	

叽里呱啦叽里呱啦

叽里呱啦叽里呱啦

叽里呱啦叽里呱啦

叽里呱啦叽里呱啦

好吗，我的孩子？”

她的东西。这

堆积如山的垃圾。

我讨厌这一切——呃？

“什么？”

“你聋了吗？我说，

请帮我拿一下

相册。”

“好的，马上去。”

（相册放在靠近钢琴的书架上。一册接着一册。最旧的那几册有木板封面，用线一一装订起来，内页是柔软而厚重的黑纸；其余的便是那些标准的现代相册，内页纸颇有黏性，塑料护封晶莹剔透。我一下拿了五册。）

“谢谢。让我们看一下……

他在这儿。这是
叽里呱啦叽里呱啦
叽里呱啦叽里呱啦
叽里呱啦叽里呱啦

（有好多这个神秘男人的照片。一张是医学院的毕业照。）

叽里呱啦叽里呱啦
叽里呱啦叽里呱啦
叽里呱啦叽里呱啦
叽里呱啦叽里呱啦

我讨厌她所有的旧货。它们
让我患上幽闭恐惧症。

（坐在餐厅里的桌子边，就在这所房子里，注视着镜头。）

叽里呱啦叽里呱啦
叽里呱啦叽里呱啦
叽里呱啦叽里呱啦
叽里呱啦叽里呱啦

一根交叉的电线
就行了。

（站在林中的小径上，右手持一根手杖。）

叽里呱啦叽里呱啦
叽里呱啦叽里呱啦　　当她出去的时候，
叽里呱啦叽里呱啦　　一丁点小火就能
叽里呱啦叽里呱啦　　把这些杂物收拾干净。

（站在圣劳伦斯的岩岸边，风吹拂起他前额的头发。）

叽里呱啦叽里呱啦
叽里呱啦叽里呱啦　　毫无疑问，我是
叽里呱啦叽里呱啦　　不会这么过日子的。
叽里呱啦叽里呱啦

（坐在船尾。一个年轻的女子，我的祖母，坐在船头。）

叽里呱啦叽里呱啦
叽里呱啦叽里呱啦　　幸福不会身着尺寸
叽里呱啦叽里呱啦　　不一的衣裳翩翩而来。
叽里呱啦叽里呱啦　　幸福不可能大量制造。

叽里呱啦叽里呱啦

（坐在花园里的椅子上，搂着两个男孩，其中一个是我父亲，一个七岁的孩子。）

叽里呱啦叽里呱啦
叽里呱啦叽里呱啦
叽里呱啦叽里呱啦
叽里呱啦叽里呱啦

我绝不依靠有形的物品而
存在。物品留给我的是寒意。

（与他所有的孩子在一起，在一顶帐篷前。）

叽里呱啦叽里呱啦
叽里呱啦叽里呱啦
叽里呱啦叽里呱啦
叽里呱啦叽里呱啦

让美好的东西都活在
博物馆里吧。或留存于
大自然中。

（坐在阳光下的雪景里，我祖母的脸上露出明媚的笑容。）

叽里呱啦叽里呱啦

叽里呱啦叽里呱啦	我专注于把东西
叽里呱啦叽里呱啦	存放在头脑中，
叽里呱啦叽里呱啦	而不是我住的地方。
叽里呱啦叽里呱啦	我曾经进去过的最美的
叽里呱啦叽里呱啦	房间都已经空空荡荡了。
叽里呱啦叽里呱啦	

（一张他过世前几星期拍的正面照。）

叽里呱啦叽里呱啦	
叽里呱啦叽里呱啦	仓库里尽是阳光
叽里呱啦叽里呱啦	和尘埃。
叽里呱啦叽里呱啦	空荡的阁楼可以看到风景。
叽里呱啦叽里呱啦	海岸线。
叽里呱啦叽里呱啦	大草原。
叽里呱啦叽里呱啦	
叽里呱啦叽里呱啦	
叽里呱啦叽里呱啦	

（斜靠在一把舒适的椅子上，盖着一条毯子，睡着了。

这时他开始生病了吗?）

叽里呱啦叽里呱啦
叽里呱啦叽里呱啦　　所到之处我
叽里呱啦叽里呱啦　　那赤裸、丰富的人性
叽里呱啦叽里呱啦　　向我尽情展示。
叽里呱啦叽里呱啦

（坐在长凳上，目光看着别处。）

叽里呱啦叽里呱啦　　“精神贫瘠的人有福
叽里呱啦叽里呱啦　　了。”确实如此。
叽里呱啦叽里呱啦　　精神上蒙福的人
叽里呱啦叽里呱啦　　在物质上是贫穷的。
叽里呱啦叽里呱啦

（集体照。左边第二个。）

叽里呱啦叽里呱啦
叽里呱啦叽里呱啦　　我不想被我拥有的所

叽里呱啦叽里呱啦

叽里呱啦叽里呱啦

叽里呱啦叽里呱啦

叽里呱啦叽里呱啦

叽里呱啦叽里呱啦

叽里呱啦叽里呱啦

束缚。我只想要

人，别无他求。

（一张全身照。他站着，注视着镜头，背景模糊，双手插在夹克的口袋里，只露出两个大拇指。）

叽里呱啦叽里呱啦

叽里呱啦叽里呱啦

然后，他就死了。噢，

我的心都碎了！”

她又哭了起来。

（全速运转，事实上，全力以赴地颤抖起来。）

“为什么，亲爱的上帝啊？

这世上那么多人，为什么
偏偏夺走我的爱人？我没有
怀疑你全知全能的
智慧，可为什么是
我的心上人啊？我全心全意地
爱着那个男人。
我和他在一起度过的
二十二年是多么幸福啊。在这
二十二年里，晚上睡觉是多么愉快啊，
早上醒来又是多么欢畅呵，
日子过得真是快乐呀。
可是，可是，怎么
会有这种让人难以想象的
结局？我怎么活得下去？
我是活不下去了。我的
一部分在那天就死去了，
而且再也没有复活。
到我临死的那天，我都会
叽里呱啦叽里呱啦
叽里呱啦叽里呱啦

叽里呱啦叽里呱啦
叽里呱啦叽里呱啦
叽里呱啦叽里呱啦
叽里呱啦叽里呱啦
叽里呱啦叽里呱啦
叽里呱啦叽里呱啦
叽里呱啦叽里呱啦
叽里呱啦叽里呱啦
叽里呱啦叽里呱啦
叽里呱啦叽里呱啦
叽里呱啦叽里呱啦
叽里呱啦叽里呱啦
叽里呱啦叽里呱啦
叽里呱啦叽里呱啦
叽里呱啦叽里呱啦
叽里呱啦叽里呱啦
叽里呱啦叽里呱啦
叽里呱啦叽里呱啦
叽里呱啦叽里呱啦
叽里呱啦**完了！”**

我只想要人，
别无他求。

呃？

（结束得太突然了。她喊出了最后两个字。伴随一声尖锐的咔嚓声，机器戛然而止。一阵低沉的呼呼声开始响了起来。

“这样就完了？”我问。

“时间应该够长了。”她答道。

随即传来一阵高亢、刺耳的啸叫声。大约过了一分钟，声音停了。我听到一种金属滚动的声音。有东西从机器那红色的天鹅绒口子里被推出来，啪的一声掉在桌上。

我的眼前出现了一面小小的椭圆形镜子。

“好啦。”我祖母说。她拿起镜子，看着镜中的自己，满心欢喜。“很好。没有瑕疵。有时候，做大一点的镜子会有瑕疵，特别是靠近角落的地方。你非得说很长时间才行，而碎片也不见得总能拼合得很完美。但如果是手镜，那就会做得很好。”

我握着镜子。它很温暖。背面是沉重的铅灰色。我看着镜中映出的自己。

突然，我看到了什么东西。我迎着光，把镜子换了个角度，端详起来。

“一旦镜子完全干了，”她说，“这些就会消失的。”

她指的是镜子上一行行的文字。银色的镜面是由层层的文字构成的，整齐地交叉成直角。）

（现在，我也算得上是这方面的专家了。老镜子通常有两处最可能留下字迹，借助放大镜便可看出一行行的文字：一是在镀银最薄的边缘上；二是在瑕疵上，尤其是氧化作用有时会突显文字。有两次我甚至辨认出了上面的字样。第一次是在纽约的一家古董店。我告诉店主，那面简朴而惹人喜爱的古手镜，是一位说德语的人制作的，因为在一块瑕疵的中间，我认出了“ganz allein”[1]这两个德文单词。第二次是后来去探访我祖母的时候。在她卧室的镜子边沿上，我读出了“ortneuf”这几个音节。我问了她后，才知道它们来自哪个单词。“St-Raymond-de-Portneuf.[2]”她答道。我就是这样发现了我祖母的出生地。

我对现代镜子毫无兴趣。它们实在是工业化的产物——十分清晰，无比清晰。一点也没有看头。）

1 ganz allein：德语，独自一人。——编注

2 St-Raymond-de-Portneuf：地名，位于加拿大魁北克省。——编注

（一个身处二十世纪晚期的万物有灵论者，她就是这么一个人。她房子里的每件东西，都有一个内在的灵魂，会对她讲起她漫长的一生中的某个人或某件事。她所拥有的东西成了那已逝的永恒的媒介。我的祖母独自住在圣劳伦斯南岸的村庄里，但实际上，她那小小的房子是个精灵们熙熙攘攘的大都会。）

（她把那面镜子给了我。我还是很难去拥有一些东西——我住的公寓空空的，我只有一点点衣服，我拥有的东西很少——但是那面手镜是一笔珍贵的财富。我经常把它拿出来看，努力想象着那些我曾经愚蠢地忽视了的千言万语。）

图书在版编目（CIP）数据

赫尔辛基罗卡曼迪欧家族背后的真相：扬·马特尔短篇小说集／（加）扬·马特尔（Yann Martel）著；郭国良译．—南京：译林出版社，2018.3

书名原文：The Facts behind the Helsinki Roccamatios

ISBN 978-7-5447-5249-7

I.①赫… II.①扬… ②郭… III.①短篇小说—小说集—加拿大—现代 IV.①I711.45

中国版本图书馆CIP数据核字（2015）第261365号

著作权合同登记号　图字：10-2015-142号

赫尔辛基罗卡曼迪欧家族背后的真相：扬·马特尔短篇小说集
[加拿大] 扬·马特尔 ／ 著　郭国良 ／ 译

责任编辑　刘　池
装帧设计　侯海屏
校　　对　张　萍　朱旭玲
责任印制　颜　亮

原文出版　Vintage Canada, 2004
出版发行　译林出版社
地　　址　南京市湖南路1号A楼
邮　　箱　yilin@yilin.com
网　　址　www.yilin.com
市场热线　025-86633278
排　　版　南京展望文化发展有限公司
印　　刷　南京爱德印刷有限公司
开　　本　880毫米 × 1230毫米　1/32
印　　张　7.25
插　　页　4
版　　次　2018年3月第1版　2018年3月第1次印刷
书　　号　ISBN 978-7-5447-5249-7
定　　价　48.00元